Ichibu Saki
一分咲
Illust. 藤未都也
破滅を控えた悪役令嬢が
無理してヒロインを
演じた結果
怠惰な余生が憧れなのに、第二王子の溺愛ルートに困惑中

コンラート・レブンワース

隣国からの留学生。
避けられがちなセラフィーナにも
親しげに接する。

セラフィーナ・アルドリッジ

侯爵令嬢。
乙女ゲーム『ヒカアイ』の世界に
悪役令嬢として転生する。

フランシス・デイミアン

王太子。セラフィーナの
婚約者だが遊び人で
浮気三昧の日々を送る。

ステラ・カーソン

『ヒカアイ』の主人公。
入学後しばらく姿を
現さなかったが…。

カイ・アルドリッジ

セラフィーナの義弟。
昔はセラフィーナに対して
刺々しかったが…。

CONTENTS

Hametsu wo hikaeta
akuyakureijou ga murishite
heroine wo enjita kekka

破滅を控えた悪役令嬢が無理してヒロインを演じた結果

怠惰な余生が憧れなのに、第二王子の溺愛ルートに困惑中

Ichibu Saki
一分咲
Illust. 藤未都也

■プロローグ

――ごん。


朝食を終え、テラスに場所を移して紅茶でも飲もうかしらと思っていたら、側頭部にとんでもない衝撃が走った。

その瞬間に流れ込んできたのは前世の記憶。

そうだ。わたしはSEだった。

クライアントからの無茶振りで三徹をかまし、それでも終わりが見えない仕事に絶望し、せめて業務に戻る前に頭をすっきりさせようとふらふら足を踏み入れた非常階段。

もういろいろ限界だったわたしは、頬《ほお》を撫《な》でるふわりとした春の風をお布団だと思った。いやほんとに。

そのままお布団（幻想）に向かい豪快にダイブ。

当然お布団なんてそこにはなくて、わたしは非常階段から転がり落ちた。そこで、わたしは二十五年の短い生涯を終えたのだった。

次はお布団でぐっすり寝て過ごしたいな。もともと怠惰で寝るのが大好きなわたしに激務の

■プロローグ

SEなんて荷が重すぎたのだ。

わたしにしてはもう一生分働いた気がするし、もし次の人生があるのならお金はなくてもいいから一日寝て暮らしたい。

お料理をするのも面倒だし、庭にそのまま食べられるきゅうりでも植えよう。毎日きゅうり食べて寝てきゅうり食べて寝てきゅうり食べて寝てきゅうり。

――きゅうりで頭がいっぱいになったわたしは気を失った。

気絶したのは、たぶんきゅうりのせいじゃない。わたしの側頭部に衝撃を走らせた、何かのせいだった。


――ぐすん。ぐすん。ひっく、ぐすん。


誰かが泣いている、この泣き声は誰？

ぱちり。

目を覚ましたわたしの枕元で泣いていたのは、メイドのアルマだった。くるくるの赤みがかった髪をふたつのお団子にし、目を腫らして泣いている。

ここは何。わたしは誰。

ううん、わたしは確かにこのメイド、アルマを知っているし、ここはわたしの家――アルドリッジ侯爵家で、わたしの名前はこの家の令嬢セラフィーナ・アルドリッジだ。

でも全然しっくりこない。わたしがわたしで、わたしじゃないみたいな感覚。っていうか頭が痛い！

ズキズキする側頭部を押さえたわたしは、そのまま視線をアルマ以外のところに移す。

大きな天蓋付きのベッド（フリフリで愛らしいデザインなのになぜか毒々しいカラーコーディネートがすごい）、お姫様が使うみたいな丸テーブルに装飾付きチェアのダイニングセット、漆黒と濃い紫のベルベッド生地で作られた大きなソファ、金ピカの窓枠。何これものすごく悪趣味！　そして部屋がものすごく広い。

黒いフリルと赤いレースと紫のくまのぬいぐるみだらけのカオスなベッドから起き上がり、周囲を見回すわたしの仕草に、泣いていたアルマはやっと主が目を覚ましたのだと気がついたらしい。

「ひぃっ！」

アルマは声を裏返らせて尻もちをつくと、そこから素早い仕草で土下座の姿勢をとり、額《ひたい》を床に擦りつけた。

「お、お、お、お嬢様。この度は申し訳ございませんでした！　わたしがうっかり手を滑らせて水差しをお嬢様の頭にぶつけてしまい」

いやそんなことある？　って突っ込みたかったけれど、アルマはめり込んでしまいそうなぐらいおでこをぴったり床にくっつけ、ブルブルと震えている。

これは突っ込みとか笑いとか全然期待していない、間違いなく本気の謝罪だった。

「別にそんなに謝らなくても」

「ひぃっ！」

ただ、謝罪の仕方が大袈裟《おおげさ》だしそこまで心配しなくても大丈夫ですよって言いたかっただけなのに、アルマはわたしが口を動かしただけでさらなる恐怖を感じたらしかった。

「あの……」

「ひぃっ！」

手を伸ばすと、その気配にすら怯《おび》えたのか、アルマの震えはいよいよ激しくなってしまった。

ブルブルブルブル、この震え方では部屋の方まで揺れる可能性がある。

とにかくこの震えからわかるのは、アルマはわたしの怪我を心配していたのではなくて、わたしの怒りの方を心配して泣いていたらしいということ。

こんなに怖がられるつもりはなかったわたしは、ぐるぐるする意識を何とか落ち着かせ、ゆっくりと瞬きながら自分のことをもう一度よく考えてみた。

わたしはセラフィーナ・アルドリッジ。アルドリッジ侯爵家の娘で、十三歳で、婚約者は王太子のフランシス殿下。……って……？

セラフィーナという名前も、王太子のフランシスという名前もどちらも知っている。

もちろん、自分と婚約者の名前を知っているのは当たり前のことなのだけれど、この感覚はもっと違うものだと思う。

また頭痛がして瞼《まぶた》を閉じたその瞬間、暗い視界にキラリと何かが光ってカラフルな画面が現れた。

――真ん中にサラサラピンク髪の守ってあげたい系華奢《きゃしゃ》ヒロインと、多種多様な攻略対象たち。王子キャラからワンコ系、眼鏡のヤンデレまで完璧なラインナップ。キラキラのエフェクトを撒《ま》き散らして始まる、オープニングムービー。

ひえっ。

爽やかな音楽まで流れた気がして、わたしは慌てて目を開けた。

「ここって乙女ゲーム『光の乙女は愛される』の世界にそっくりじゃない……⁉」

そうだ。ここは、わたしが前世で死ぬ前に激務の合間を縫ってプレイしていた乙女ゲーム『ヒカアイ』の世界そっくりなんだ……！

そして、さっき瞼の裏を駆け巡ったオープニングムービーを思い出す。

■プロローグ

王子キャラはわたしの婚約者・フランシス。

ううん、そっくりなんじゃない。

これはもう確定だと思う。

わたしはまさかの乙女ゲーム転生を果たしてしまったらしい。

状況を把握したわたしを待っていたのは、さらに厳しすぎる現実だった。

さっきからずっとおでこを床につけたままのアルマはいまだにずっとブルブル震え続けている。

「セラフィーナお嬢様、どうかお許しください。私はどうなっても構いません。ですが、私の家には病気がちな両親と寝たきりの祖父、幼い弟妹がいます。どうか、家の没落は……いえ、家族の命だけはお助けください。どうかご慈悲を、セラフィーナお嬢様……！」

「!?」

たったこれだけで大人のメイドがまだ十三歳の女子に命乞いってどういうことですか。

いや貴族社会とかそういう事情はあるかもしれないけど、にしても殺すはずないよね？　一族郎党皆殺しとかありえないよね？　残虐非道な悪役令嬢でもあるまいし……。

そこまで考えたところで、わたしの背筋にぞくりとした感覚が走った。

ん？　残虐非道な悪役令嬢？　趣味が悪すぎるインテリア？　メイドのアルマ？　――侯爵令嬢のセラフィーナ・アルドリッジ？

まさか。まさかまさかまさか！

めり込み土下座スタイルを崩さないアルマをそのままにしておいて、痛む頭を押さえつつよろよろとドレッサーまで移動し、鏡に自分の姿を映したわたしは絶望した。

きゅるっきゅる、ウエーブがキツすぎるブロンドヘアに、宝石のようにギラギラ輝くピンクの瞳。

ただでさえ派手な印象の顔立ちを意地悪そうにみせているのは吊《つ》り上がった大きな目と鋭角な角度を描く眉毛だ。

まだ十三歳だというのに、あどけなさなど存在しない。

正真正銘の、悪女顔だ。

「知ってる、この顔。――悪役令嬢、セラフィーナ・アルドリッジだ……」

乙女ゲーム『光の乙女は愛される』では主人公を引き立てるための悪役令嬢が存在した。

純粋で無垢《むく》で天真爛漫《てんしんらんまん》、誰にでも愛されるかわいらしい男爵令嬢という設定の主人公に対し、侯爵令嬢で意地悪顔のセラフィーナはその主人公を卑劣な方法で徹底的にいじめ尽くす。

主人公目線でゲームを楽しむプレイヤーから見ても、悪役令嬢のセラフィーナは攻略対象たちに主人公を守らせるイベントを起こすためだけに存在する悪魔。残念でかわいそうなキャラだった。

わたしがそのセラフィーナなの……⁉

ていうか、ねえ『ヒカアイ』制作者の皆さま。

残虐非道な悪役令嬢なんて、本当に存在していいんですかね。

信じられなかったけど、鏡越しに見える土下座スタイルのままのアルマを見てわたしは実感した。

アルマは、ただわたしの頭に水差しをぶつけたぐらいで本気で一族郎党殺されると思っている。

いや確かに側頭部を水差しで強打ってなかなかひどいけど！　でもこれは現実だ。

絶望して気が遠くなりかけたわたしは、あらためて鏡を見た。

「とりあえず、この鋭利な眉毛を下がり眉にしよう……」

こういうのは見た目が大事だ。

その後はもう一眠りしてから考えよう。

こういうときは、寝るに限る。

前世の記憶を取り戻したわたしが一番欲しているのは、お布団のように気持ちがいい春のそよ風ではなく、本物のお布団なのだから。

■第一章・怠惰な余生を送りたい

「まず、情報を整理しなきゃ」

　他のメイドを呼び、床にめり込み土下座スタイルのアルマを何とかして下がらせ、眉毛だけは優しげに変えたわたしは、今後の対策を考えていた。

　ちなみに、アルマにはどんなに「気にしないで、もうすっかり大丈夫だしあなたの家族を殺したりしないし大体にしてどう考えてもそれおかしいじゃん」と繰り返し伝えても信じてもらえなかった。

　むしろ念押しするほどに体の震えは大きくなっていって、なんかもう本当にごめんねって感じだった。

　床におでこをくっつけたまま他のメイドたちに引き摺《ず》られていくアルマを見て、わたしは悪役令嬢セラフィーナの恐ろしさを実感していた。

　落ち着いたら今世の自分の振る舞いを思い出してきた。

　そうだ。わたしはまだ子どもと言っていいぐらいの年齢なのに、癇癪《かんしゃく》がすごくてひどく意地悪なのだ。

　メイドのミスなんて絶対に許さないし、お茶会で気に入らない令嬢がいたら熱い紅茶をポットごとぶん投げて当て、物理的に追い出す。

アルマが怯えていたのも当然だと思う。

けれど、両親はわたしをありえないほどに溺愛していて叱ることは絶対にない。何でも言うことを聞いてくれるのだ。

それがまたセラフィーナのわがままをエスカレートさせていく。

悪役令嬢セラフィーナの極悪非道さはひとまず置いておいて、このゲームがどんな内容のものなのか確認したい。

『ヒカアイ』こと『光の乙女は愛される』は恋愛に魔法や冒険のファンタジー要素を取り入れた乙女ゲームで、幅広い層に人気があった。

平民に生まれた主人公は、ある日この世界で非常に珍しいとされる光の魔力を目覚めさせる。

それをきっかけに男爵家に引き取られることになり、貴族令息・令嬢が集う『ルーナ学園』へ入学することになるのだ。

そこで主人公は麗しい貴族令息たちと恋をする。

皆からの好感度が高まれば高まるほど光属性の魔力は強くなって、主人公は『光の乙女』から『光の聖女』へと羽ばたく。

そうして皆と協力して魔王を倒し、選んだ攻略対象と結ばれる――。

最後には誰もが羨むハッピーエンドを迎えるのだ。

一応、わたしは全員のルートをクリアしたはずだった。

「あれ、なんか頭痛い」

前世のことを考えすぎたせいか、頭がぼうっとして痛い。

何か重要なことを忘れている気がするけれど、一体何だろう……。

少し考えてみてもわからなかったので、わたしは問題を棚上げにすることにした。

とにかく、今はまだセラフィーナ十三歳。

十六歳で学園に入学するまでは後三年間もある。

その間にしっかり準備はできるだろう。

気合いを入れ直し、黒と赤と金と紫の、悪趣味な書き物机に向かって決意する。

「わたしは今後誰にも意地悪はしないし、そんな面倒なことをするぐらいならとっとと乙女ゲームのシナリオから退場して、どこかの街の片隅で寝て暮らしたい。乙女ゲームのシナリオからはずれても、わたしは一応侯爵令嬢だもの。今から改心すれば、街のはずれでひとり、細々と暮らせるぐらいの支度はしてもらえるはず。目指せ、寝放題の人生！」

そうして、わたしは手にした万年筆の先に力を入れ、ノートに『目指せ　寝放題の人生』と書き入れた。

その文字は輝いて見える。

ついさっきの、三徹の後、春のそよ風とお布団を間違って階段からダイブした前世の記憶を思えば、なんて素敵な目標なのだろう。

「今度の人生こそ、堕落した人生を送るんだもの。わたしの眠りを妨げるものは何人たりとも許さない……！」

前世の最後の記憶が幻想のお布団にダイブする場面だなんて自分がかわいそうすぎるし、何より、あのとき思ったのだ。

――わたしにしてはもう一生分働いた気がするし、もし次の人生があるのならお金はなくてもいいから一日寝て暮らしたい。

って。

「とにかく、寝放題の人生を送るために必要なのは悪役令嬢の振る舞いをやめることよね」

まずはノートに『人をいじめない』と書いた。

こんな当たり前のことをあらためて書く日が来るなんて思っていなかった。

息をするように悪逆非道の限りを尽くしていたセラフィーナ、本当にすごいと思う。

「後は、シナリオからの退場後に平穏に暮らせるような環境を作らなきゃ」

ということで、ノートに『きゅうりの栽培』と書く。

前世でもギリギリな限界ＳＥだったわたしは、きゅうりを主食にしていた。

きゅうりはいい。

お味噌《みそ》でシンプルに食べてもいいし、ごま油やにんにくのチューブを混ぜたものにぶっ込むとおつまみにもなる。

限界が極まったときはそのままぼりぼり齧《かじ》るだけで水分だけじゃなくビタミンやミネラルまで補給できて、いつでもどこでも食べられる、リアルなわたしの生命線だった。

目の前に前世での会社のデスクと栄養ドリンクがチラつきかけて最悪な気分になってきたので、きゅうりのことはまたあらためて考えようと思う。

「寝て過ごすんだから、家の庭できゅうりを栽培すれば、街まで出なくても生きていけるわよね」

とにかく寝て過ごしたい。

「人をいじめず、きゅうりを栽培し、後は長いものに巻かれて生き、特に抵抗することもなく、余生を待つ。うん、完璧な計画だわ！」

下手にゲームで決められた悪役令嬢としての運命に抵抗などしたら、うっかり道が開けてダラダラ寝て過ごすという夢が叶《かな》わないかもしれない。

そんなのは絶対に避けたい。

いじめだけはしたくないけど、その他全般においてはやる気皆無でいこうとわたしは心に決めた。

そして、他に気になることといえば。

「そういえば、『ヒカアイ』って攻略対象はみんなイケメンだしシナリオも面白いけど、ひとつだけ難点があったんだよね……」

ヒカアイが発売されたとき、ある独特の仕様が話題になった。

それは――

「主人公ちゃんがヒドインちゃんすぎる、ってこと」

ヒカアイのシナリオはよくある設定なのだが、主人公のキャラに若干の問題がある。

主人公は、学園内、TPOをわきまえず相手の迷惑をこれっぽっちも考えずにいつでもどこでも攻略対象に突撃し、他の女子生徒に咎《とが》められれば「そんなつもりじゃなかったの」と涙を浮かべて言ってのけ、婚約者がいる相手も果敢に攻略していく、非常にバイタリティに満ちたいわゆる『ヒドインちゃん』なのだ。

「小説や漫画の世界で、婚約破棄を言い渡すクズ男の浮気相手として『ヒドインちゃん』が登場することは多いけれど……まさか乙女ゲームの主人公自体をヒドインちゃんにするなんて馬鹿にしてんのか、って公式のSNSがちょっと炎上してたような」

共感できない主人公は嫌われる。

ヒカアイの主人公もそうだった。

でも攻略対象たちの顔がよすぎた。イケメン無罪。だからヒカアイは大ヒットした。

「でも、会ってみたら意外といい子かもしれないし、ね」

それに彼女をいじめる予定もない。

なるべく関わらないようにしていれば、ヒドインちゃんの影響を受けることはないかもしれない。

そんなことを考えたわたしはぱたんとノートを閉じ、万年筆と一緒に机の引き出しにしまう。

もう寝放題の人生への第一歩は始まっているのだ。まずは早速アルドリッジ侯爵邸の裏庭を見にいこうと思う。

もちろん、シナリオ終了後に始まる寝放題の人生の食料・きゅうりのためだった。

アルドリッジ侯爵邸のタウンハウスの敷地はわりと広い方だと思う。

真ん中には大きくて豪華な白亜の城がそびえ立ち、門から眺めると、まるで絵画のようだ。

使用人たちが暮らす別棟に、馬や家畜が暮らす厩舎《きゅうしゃ》、大量の備品などを保管するために建てられた倉庫、客人を招いたときにガーデンパーティーができる中庭、さまざまな種類の花が咲き誇り果樹園まである庭園。

そこに、わたしは殴り込みをかけようとしていた。

「セ、セラフィーナお嬢様、それは何でしょうか」

「きゅうりの種よ。お父様にお願いして取り寄せてもらったの」

顔を引き攣《つ》らせて聞いてくるメイドのアルマに向け、わたしは紙袋に入ったきゅうりの種を高く掲げてみせた。

何も言ってこないものの、アルマは目を泳がせて紙袋だけではなくわたしの服装の方も結構気にしている。

それはそうだと思う。

今のわたしの格好は質素なワンピースにエプロン、足元には長靴。手には軍手とスコップ。完璧な家庭菜園スタイルだった。

メイドが準備してくれたドレスが地味だ、と癇癪を起こしていたセラフィーナはもういない。その節は、皆本当に申し訳ございませんでした。

話をきゅうりに戻したい。野菜の種がほしいとお父様に言ったところ、お父様はとてもびっくりしていた。

まぁ、意地悪だけにしか興味を示さず、ほしいものといえばドレスか宝石だったセラフィーナが急にこんなものを頼んだのだから、驚くのは当然のことだと思う。

けれど、驚きながらもきちんときゅうりの種を買ってきてくれた。脊髄反射のように何も考えずわたしのお願いを叶えてくれるお父様ありがとうございます。

淑女がみっともない、と怒られるかなと心配していたけれど、お茶会で他家の令嬢に熱いポットを投げつけるのを許す父親だ。きゅうりに夢中になるぐらい本当にどうでもいいことなのだと思う。

ところで、この紙袋には『発芽率が段違い！　家庭菜園初心者の方用のきゅうりの種』と書いてあった。

最高。これならきっと、初心者のわたしにも簡単にきゅうりを栽培できるはずだ。

これで、家の敷地から一歩も出ずに寝て暮らせる生活が待っている。

わたしはそう信じていた。


――三週間後。

「あれ⁉　また枯れてるわ⁉」

バラ園に囲まれた庭の一角、優雅な雰囲気をぶち壊しにする野菜畑。

周りは色とりどりのバラが咲き誇っている。

今は淡いピンクのスプレーバラがきれいで、小さな花をたくさんつけ芳しい香りが漂ってくる。

けれど今問題なのはきゅうりのことだ。

三週間前、きゅうりを植えた翌日に芽が出た。

早すぎる、と驚いたけれど、ここは乙女ゲームの世界。

きゅうりはきゅうりでも、少し育ち方が違うのかもしれない。

話を戻したい。わたしは生まれたてのその芽に優しく水をやり、毎日見守った。

けれど三日目の朝、葉っぱが萎《しお》れ始め、端っこに茶色い斑点が目立つようになり、四日目の朝にはすっかり枯れてしまったのだった。

当然、ダラダラ過ごす憧れの生活を前に、たった一度の失敗程度でこのわたしが諦めるはずがない。

わたしはその日のうちに新しい種を植えた。

そうして水やりをして、一晩待った。

翌日、同じようにきゅうりの芽が出ていた。喜んだのは束の間、三日目の朝にはまた同じことになってしまった。

いくつか植えた中では五日目までもったものはあったけれど、それも葉っぱに虫食いができてしまって、それ以上育てることは叶わなかった。

けれど、わたしがそんなことで諦めるはずがない。デバッグ地獄に慣れた前世SEなめんな。

ということで、肥料を配合する割合や水やりの頻度を変えたりしながら根気よく種蒔《ま》きを繰り返していたら、いつの間にか三週間が経過してしまっていた。

ここまでくると、さすがに素人のわたしでもわかってしまう。

「これは偶然じゃない。普通に、わたしが育てるのが下手なのだわ……」

手元の紙袋には『発芽率が段違い！　家庭菜園初心者の方用のきゅうりの種』の煽《あお》り文字。

これを書いたのは誰ですか。完全に嘘だよね。

悪役令嬢・セラフィーナとしての血が騒ぎ始めたところで、わたしの怒りの気配に、付き添ってくれていたメイドのアルマが尻もちをついた。相当に怖かったみたい。ごめん。

ちなみに、アルマは生贄《いけにえ》のような形でわたしに差し出されている。

『あの日（側頭部を水差しで殴られて気を失った日）以来、お嬢様の様子がおかしい↓これまで以上に何をしでかすかわからなくて怖い↓殴った張本人のアルマに任せよう』の図式らしかった。

畑の横にはテーブルセットが設置され、テーブルの上には休憩用の飲み物と軽食が準備されているけれど、わたしがそれを使うことはない。

だってきゅうりに本気だから。

当然主人が休憩しないのでアルマに座ることは許されない。

アルマ、いかにも貴族のお嬢さんが勉強のために侯爵家で働いてます、って感じで体力なさそうだけど大丈夫かな。

「アルマ。昨日も伝えたけれど座っていて。誰にも言わないから、そこのお茶も飲むといいわ」

「いえっ……だ、大丈夫です」

尻もちをついたせいで汚れてしまったスカートの泥汚れを払いつつ、アルマはふらふらよろめきながらぎこちなく立ち上がった。

今世、メイドたちとはまともに会話ができた記憶がないけれど（もちろんわたしがいじめるからだ）、最近ではこうして「ひぃっ！」以外の返事もくれるようになった。

悪役令嬢からの脱却が進みつつあると信じたいな。

そして、今問題なのはきゅうりだ。きゅうり。

「どうしてだめなんだろう。土にはちゃんと肥料を加えているし、お水もあげてるのに」

肥料の割合も、水やりの頻度もこれ以上の対策は思いつかない。

だってわたしには野菜を育てたことなんてないんだよ？　誰か農家の人、異世界転生してきてきゅうりの育て方教えてほしい……！

ふかふかの土の上にがっくりと膝をつき、落ち込みかけたわたしの上に影ができた。

「セラフィーナ様。最近、妙なことをされていると思えば、お花を植えられていたんですか。いつものように使用人に石でも投げて命じればいいものを」

それは、十代前半の男の子独特の、子どもらしさと大人っぽさの両方を感じさせるほんの少しハスキーな声。

甘さが残る声音に似合わない刺々しい言葉選び。

わたしが顔を上げると、幼さを残した顔立ちのイケメンがいた。

太陽の光に透けるサラサラの茶髪。現代日本《にほん》だったら『ワンコ系』とでも呼ばれそうなかわいらしく整った顔立ち。

そして、ピンク色の瞳はわたしと同じもの。

セラフィーナの血縁であることが一目でわかる容姿をしている。

彼はセラフィーナ・アルドリッジの一歳年下の弟で、名前はカイ・アルドリッジ。

『ヒカアイ』攻略対象者のひとりで、ワンコ属性の年下男子だ。もちろん、ワンコな表情を見せるのはヒドインちゃんの前だけ。

姉であり悪役令嬢のセラフィーナにはとことん冷たいのだ。

まぁそれはわかる気がする。

だって、子どもの頃から姉がメイドとか令嬢仲間をいじめるとこ見てるんだもんね。さすがに嫌いになるよね。

三週間ほど前にわたしが前世の記憶を取り戻してからも、カイはわたしにめちゃくちゃ冷たかった。

廊下で会っても知らんぷりだし、話しかけようものなら絶対零度の視線で睨《にら》まれる。

それがちょっとかわいいと思ってしまうのは、彼がヒドインちゃんの前では忠犬なワンコ男子になるという前世の記憶があるからだ。

あ、いけない。わたしは攻略対象には関わらず、寝て過ごせる平穏な没落生活を目指すのだから。

――けれど、今世での人生を振り返ると、ただカイがセラフィーナに冷たいというだけではないような気がする。セラフィーナ――というよりはむしろアルドリッジ侯爵家がカイに厳しく接しているのだ。

その理由はカイの出自にある。

カイはお父様が外に作った子どもだ。

元は、カイが生まれたときに手切れ金と養育費を一括で払い、親子の縁を切ったはずだった。

けれどわたしが七歳の頃、お母様にはもうこれ以上子どもが望めないとわかった。

アルドリッジ侯爵家の子どもは女の子であるわたしひとり。この国では女子が家督を継ぐことは許されていない。

ということで、王都のはずれ、寂れたあまり治安がいいとは言えない地域で暮らしていたカイは無理にアルドリッジ侯爵家に連れてこられた。

当時、セラフィーナの第一声は『なにこの汚い子?』だったような……。

あー思い出してきた、思い出してきた。そしてわたしは右も左もわからず怯えているカイに向けて言ったのだ。

――「ここにはあなたの居場所なんてないし、この家のものは何ひとつ渡さないわ。せいぜい道具として役に立ってちょうだい」

って。

うわー、七歳でこんなにひどいことを言えるなんて、セラフィーナって悪魔の使いか何かでは? むしろ悪魔でもいいのでは?

さらにひどいことに、それをお父様もお母様も止めなかった。むしろ、心を病みかけていたお母様は止めるどころかわたしに味方した。

アルドリッジ侯爵家にカイが信頼できる人間はいない。ただ跡取りとして厳しく躾《しつ》けられるだけの毎日だ。

そんなカイの心に寄り添うのが『ヒカアイ』の主人公なのだ。優しく明るい主人公は、カイの傷ついた心を癒やしていく。

……カイのためにも、乙女ゲームのシナリオが早くスタートしてほしい。そして主人公にはぜひカイを攻略対象に選んでほしいな。

前世の記憶を取り戻してからいじめるのはやめたけれど、カイはわたしを全く信頼していないしそれどころか反吐が出るほどに嫌いだと思う。

そんなことを考えていると、カイはガーデンテーブルに置かれた紙袋に興味を示したようだった。

わたしが止める間もなく、それを手にして美しい形の眉を怪訝《けげん》そうに歪《ゆが》める。

「――〝きゅうりの種〟？」

「そうよ。きゅうりを育てようと思って」

「……誰がですか」

「わたしがよ」

「……セラフィーナ様が、きゅうりを？」

カイは一体こいつは何を考えてんだ、という顔をしている。

それはもう本当にそうだと思う。

だって、ついこの間まで癇癪を起こして屋敷中の人々に八つ当たりしまくっていたひどい義姉が、突然きゅうりに夢中になり始めたのだ。

いや、きっときゅうりじゃなくてもこうなっていたと思う。イチゴやメロンとかのかわいい女子系果物でも誤魔化せなかったと思う。

だってわたしの足元は長靴だし、カイの視線がわたしの鼻のあたりに留まっていることから推測するに、そこにはきっと土汚れもついている。

自分の存在がもうあきらかにおかしい。こうなったらヤケクソだ。

「わたしは将来きゅうりを育てて暮らそうと思って」

「は」

「きゅうり、おいしいでしょう？　わたしは三年後に『ルーナ学園』に入学するけれど、卒業したらひとりで生きていくつもりなの。そのときのために自給自足の訓練を」

自給自足っていうか寝て暮らしながらきゅうりを齧るためなんだけどね。

そう思って微笑《ほほえ》むと、カイはつい今までのぽかんとした表情を引っ込め、片方の口の端を軽く上げて歪ませた。

「セラフィーナ様は僕のことを『アルドリッジ侯爵家の道具』だとお思いなんじゃなかったですか？　表向きは家督を継がせても、実権を握るのはあなた様ではないのですか。今おっしゃった展望はセラフィーナ様の将来の展望と著しく矛盾しますけど」

「それは」

本当はそんなことない。

だってわたしは本当にこの家を出ていくつもりなんだもの。

家督はもちろん、お金だって分不相応には要らない。

どこか治安のいい町にベッドときゅうりの庭だけが置ける小さな家さえ買ってもらえたら、後はカイにはもう関わらないし自分でなんとかします。

けれど、そう告げたところでカイは信じないだろう。

これはもうどうしようもないこと。

セラフィーナであるわたしが異母きょうだいのカイに辛く当たってきた報いだ。

そして、カイはさっきからわたしを『セラフィーナ様』と呼んでいる。わたしがカイに『お姉様』『姉上』と呼ぶことを許さなかったからだ。

もちろん、イケメンの弟に名前を呼んでほしいとかそういう乙女ゲームの女子的発想からでは全くない。

ただ、目障りな存在を家族の一員として認めたくない、そんな理由からだった。

あれこれ考えたものの、どう答えたらいいのかわからなかったわたしは大事なことだけを正直に話すことにした。

「今さらこんなことを言っても響かないと思うのだけれど、わたしはあなたを道具だなんて思っていないわ」

「幼い頃からあれだけ罵倒しておいてよく言う」

「……本当ね……」

正論すぎてぐうの音も出ない。二言目には言葉に詰まってしまったわたしを見て、カイは調子が狂ったようだった。

「今日のセラフィーナ様はどこか具合でも悪いのでしょうか？　お話しになっていることがあまりにも支離滅裂です」

「それは……本当にそう」

そこでふと、『ヒカアイ』の主人公とワンコ系侯爵令息カイの出会いの場面が思い浮かんだ。

学園に入学してしばらく経《た》ったある日のこと、授業で『契約精霊のエサとなる野菜を育てる』という課題が出される。

学園の敷地内、到底畑には見えないオシャレな畑で主人公は課題にことごとく失敗してしまう。

そこで現れるのが、カイなのだ。

侯爵家の令息ではあるものの、子どもの頃は市井暮らしで畑も手伝っていたカイは農業のことにとても詳しかった。

種蒔きのちょっとしたアドバイスをもとに、ふたりは接近して恋に落ちるのだ。

あのとき、カイはなんて言ってたかな。

カイのルートは一度しかプレイしなかったし、どうしても思い出せない……。

そうだ。きゅうりの育て方は、今目の前にいるカイに直接聞けばいいのでは？

……と思ったけれど、どう考えても無理だった。

だって、わたしはついこの前まで周囲のあらゆる人間をいじめ倒し八つ当たりする悪役令嬢だったんだもの。

普通は助けようなんて思わないよね。

ガックリと肩を落としたところで、カイが屈んで枯れたきゅうりの双葉を観察していることに気がついた。

カイは枯れた双葉を引っこ抜き、しげしげと観察しながら聞いてくる。

「セラフィーナ様は本当にどうかしているのではないですか」

「今後の人生の主食にきゅうりを選びたいと思っているのは本当よ。冗談ではないわ」

「……そういうことじゃありません。普段、メイドをあのように座って待たせる姿なんて見たことがありませんから」

カイの視線の先には、縮こまって遠慮がちに椅子に座るアルマの姿があった。あ、よかった。疲れたから座ってたんだね。

　ほっと息を吐いたわたしの耳に、カイの小声が届いた。

「きゅうりは直に蒔くのに向いていない」

「えっ？」

「きゅうりは初めはプランターなんかに種蒔きして、強く育ったところを畑に移すんだ。そうすれば枯れにくいし、虫に喰《く》われて芽が出て以降育たない、なんてことはなくなる」

「えっ、もう一回」

　どうやらカイはアドバイスをくれているらしい。

　信じられなくて聞き逃し、もう一度説明させようとしたわたしを、カイは心底面倒そうに睨んだ。

　わたしはわたしで、わぁ、異世界の男子でもガンつけることってあるんだな、って当たり前の感想を持ってしまった。

　カイは何も答えずに、適当にその辺においてあったプランターを手に取った。

　これは別にわたしが買ったわけじゃない。

　お父様が一式手配してくれたおかげでここにある。

　それを見て、カイは「ふぅん。一応調べて道具は準備したんですね。セラフィーナ様が。意外です」と呟《つぶや》く。

本当は全然そうじゃないのだけれど、わたしはそういうことにしておいた。

けれど、わたしの本気度は伝わったらしい。

カイはプランターとスコップを手に取ると、無言で何やら始めたのだった。


「これで完成です。さっきも言いましたが、種を蒔くときは横向きにして、等間隔で」

「へぇ〜！　カイ、すごいわ！」

わたしの目の前には、ふかふかの土がこんもりと盛り上がったプランター。

ここにはきゅうりの種が植えられている。

カイによると、きゅうりを育てるにはいきなり畑に種を蒔くのではなく、別のところである程度まで育ててから植え替えるものらしい。

そういえば、前世でもホームセンターなんかで野菜の苗を売っているのを見たことがあるような。

なるほど、種じゃなく苗が売られているのはきちんと理由があったのね……！

「……虫がつかないように注意しながら数日育てて、双葉が強く育ったものだけを畑に移すんです」

「なるほど。強く育ったもの、ってどこを見て判断したらいいのかしら？」

「葉っぱの色ですね。緑色が濃く、元気なものを選んでください」

「はい」

はきはきと返事をしたわたしは、アルマが座っているテーブルに置いてあったメモ帳を手に取り、カイのアドバイスを書き留めていく。

悪役令嬢セラフィーナを嫌っている義弟のカイがこんなふうにいろいろ教えてくれるなんて、もう二度とないと思う。

そう思ったと同時に、今世のわたしがカイにどんな振る舞いをしてきたのかが思い出されて、心がずしんと重くなった。

カイには自分にひどいことを言い続けた義姉を助けてくれる優しさがある。

それなのに、セラフィーナはただ自分の立場を奪われるという危機感だけで、どんな相手なのか見極めることもなくカイをいじめてきた。ひどすぎる。

けれど、今さらわたしに謝られても彼には絶対届かないしふざけるなと思うだろう。しかも、現時点のカイはわたしに謝られてしまったら許すしかないのだ。

結局、これまでのことを謝ったとしても楽になるのはわたしだけ。

カイにとってはまた悔しい思い出がひとつ増えるだけなのだろう。

『ヒカアイ』の主人公に出会って救われるまでは、カイにとって辛い日々は終わらない。

そう思ったら、何も言えなかった。

せめて、わたしが伝えてもいいのはお礼までなのだ。

「ありがとう。とても助かったわ」

ゆっくりと、言葉を選んで伝える。

するとカイはわたしから目を逸《そ》らした。

「……平民育ちの汚い僕にお礼を言うなんて、セラフィーナ様はどうかしているんじゃないですか」

「…………」

何と答えたらいいのかわからない。

カイにとっては、三週間前までのセラフィーナとは別人すぎるのだと思う。わたしだって、許してもらおうなんて虫のいいことは考えてないよ。

数秒間考えた後で、わたしはやっと口を開いた。

「本当にどうかしているのかもしれないわね。じゃあ、こういうのはどう？　種蒔きを手伝ってくれたし、何かお礼をしてあげる」

——平民育ちの卑しい人間には施しを。

そんな意図があると、賢いカイならすぐに気がつくことだろう。そして、悪役令嬢セラフィーナとしてわたしに許されるのはこんな振る舞いのはずだ。

わたしはカイにお礼ができて個人的に満足するし、カイもセラフィーナからの謝礼を疑うことなく受け取ることができる。

悪役令嬢っぽく、ツンとすまして言えば、カイは幼さが残る美しい顔を歪ませた。

「それなら、この前お願いした件に許可をいただけるようお父様に進言していただきたいです」

「……この前のお願いって……？」

カイの言葉に、わたしは記憶が戻る直前のことに考えを巡らす。

もちろん、今世での悪役令嬢セラフィーナの言動は今のわたしの意思とは違うものだけれど、きちんと覚えている。

けれど、頭に強い衝撃が走って前世を思い出したせいで、その前後数日間の記憶が曖昧なのだ。

「もう忘れたのですね」

すぐに答えられず聞き返してしまったわたしに、カイからさっききゅうりの育て方を説明してくれていたときの戸惑うような空気が消え、いつもの刺々しい表情が戻ってきた。

フン、と馬鹿にするように笑うとカイは続ける。

「僕の生家の妹が病をこじらせて、長い期間伏せっています。お見舞いに行かせてほしいとどんなに願っても、この家の人間はそれを許可してくださらなかった。ただ見舞金と医者を手配してそのままだ」

カイの説明でわたしはやっと思い出した。

そうだ。わたしが記憶を取り戻す少し前、王都のはずれで暮らしているカイの家族から連絡が来たのだ。

『カイの妹が病にかかり、伏せっている。お金がなくて医者に診せられないので資金を工面してほしい』という内容だった。

カイの実家からアルドリッジ侯爵家にはたまに手紙がきていたらしい。

けれど、直接カイ宛てに来るのは滅多にないことだそうで、カイは甚《いた》く心配していたのだ。

黙ったままのわたしに向けて、カイは吐き捨てた。

「ただ金を渡せば済むと思っているのでしょう。そうすれば、僕の家族は特別に騒ぐことはないですから。僕がお父様が外に作った子どもだということは公然の秘密のままで、アルドリッジ侯爵家の体面は保たれます。おきれいな貴族とはさすがですね。汚い平民育ちの僕には理解し難いことばかりです」

「わかりましたわ。では、今からカイの生家に向かいましょう」

「……は？」

「今から妹さんのお見舞いに行きましょうって言っているの。あなたを見張りたいから、わたしもついていきます。お見舞いは何がいいかしら。お花？　お菓子？　それとも料理人に何か作らせようかしら？」

高圧的に答えると、カイは心底意味がわからないという顔をした。

「何を考えているんですか？」

「別に何も。ただあなたが家族に会いたいってぴーぴー泣いているから、かわいそうになったのよ？」

わたしの言葉にカイは唇を噛《か》んだ。

ひどいことを言っている自覚はある。でも、こうでもしないとカイにお礼はできない気がする。

わたしは立ち上がると、長靴をはいた足で令嬢らしく歩き始めた。そこへ、アルマが慌ててついてくる気配がする。

「料理人に昼食とお菓子を作らせてくれるかしら？　一時間後には出発するわ」

「か、かしこまりました……！」

真っ青な顔をしたアルマは悲鳴のような返事をするとともに駆けていった。

一方、カイは呆然《ぼうぜん》としている。わたしの言っている意味が本当にわかっていないみたいだった。

まぁ、当然だよね。

■第二章・悪役令嬢のはずなのに懐かれました

一時間後、外出用のドレスに着替え、料理人に作らせた差し入れ用の昼食とお菓子を入れたバスケットを持ったわたしは、馬車に乗っていた。

……正しくは、バスケットはカイが運び込んだ。自分で持とうとしたら、ありえないぐらいに不思議そうな顔をされたから。

カイの実家は王都のはずれにある。

貴族のタウンハウスが立ち並ぶ華やかなエリアから離れてはいるものの、同じ王都内。道がわかっているので、一時間もかからずに到着した。

カイが六歳まで暮らしていたという家は煉瓦《れんが》でできた殺風景な建物だった。いわゆる長屋、っていうのかな。

この通りには同じ色の煉瓦でできた家が並んでいて、等間隔で窓と扉が付いている。通りには洗濯用のロープが吊るされていて、そこにシャツや布が干されていた。

扉の前にはスコップなどの農作業の道具が置きっぱなしになっている。それは周囲のどの家においても同じで、わたしは目を瞬いた。

セラフィーナとして生きてきた今世で、こんな街並みを見たのは初めてだったのだ。

「――僕がひとりで行きます。セラフィーナ様は護衛の人たちと一緒にこの馬車の中で待っていてください」

ここは貴族街とは違い、荒んだ建物とぼろぼろの服を着た人たちが目立つエリアだ。カイはわたしを憎みながらも、身の安全を気遣ってくれたのだろう。

馬車を降り、実家の扉を叩《たた》いたカイはどういうことなのか三分もしないうちに戻ってきた。カイって、うちに連れてこられてから一度も実家に戻っていないはずなんだけどな。

久しぶりの感動の再会なのに、たった三分？　早すぎない？

見ると、カイ自身もものすごく不思議そうな顔をしている。

「………」

「カイ、どうしたの？」

「……父も母も、妹もいませんでした」

「えっ？」

「この家には僕の家族ではなく、僕の家の使用人が住んでいるそうで。僕の家族が住む屋敷はこのメモの場所にあると」

カイの手には白い紙が握られていた。

そこにはスタンプで押された住所があった。

手書きではなくスタンプなのは、こうしてここを訪ねてくる人用に常備されたものなのだろうと想像できる。

「ふーん。では、とりあえずこの場所に行ってみましょうか？」

「…………」

カイは青ざめた顔をしたまま、何も答えなかった。


馬車を走らせて二十分ほど。

王都のはずれのあまり治安がよくないエリアから離れたわたしたちは、東側の山沿いのエリアへと到着していた。

乙女ゲームの世界だけあって、この王都は本当に美しい。

真ん中にはテーマパークにありそうな素敵な王城があり、その周りを貴族街が取り囲んでいる。

その周辺は、あらゆる商会や商店が立ち並ぶ商業街、観光地として知られる他『ルーナ学園』がある湖沿いの学者街、比較的裕福な平民が暮らす山沿いの平民街、で区別されている。

さっき、カイの実家があったのはそのどれにも属さない王都の端。

今、わたしたちが辿《たど》り着いたのは比較的裕福な平民が暮らす山沿いの平民街だった。

今度は治安に何の心配もなかったので、わたしも一緒に馬車から降りた。

「うちの納屋ぐらいの大きさのおうちね」

「…………」

本当は納屋じゃない。二階建ての煉瓦造りでお庭つきだ。

しかも、その庭に植えられているのはきゅうりじゃない。高価で専用の庭師がいないと手入れが難しいバラの花だ。

前世の日本なら、ここにファミリーで住んでいるのは成功者だと思う。

気を遣って『納屋』と呼んでみたわたしだったけれど、カイは呆然としたまま何も答えなかった。

そっか。メモをもらってきてからずっと、カイの顔が青ざめている理由が何となくわかった気がする。

カイのところに家族から届いている手紙は『生活が苦しい、今日もパンが食べられなかった。何とかしてほしい』『あなたの妹にこんな貧しい生活をさせたくない。学校に通わせてあげられるよう、資金を援助してほしい』というようなもののはずだ。

少なくとも、ゲームの世界の設定ではそのはずだった。

けれど、今わたしたちの目の前にある『カイの本当の家族が住む家』は二階建ての煉瓦造りの大きめの家で、庭にはバラ園まであるのだ。

しかも、さっき立ち寄った家の住人はここの使用人なのだという。使用人を雇える平民といえば、本当に一部のはず。

聞かされていたこととの違いに、カイが呆然とするのは当然のことだった。ちなみに、わたしも知らなかった。

こんなことができるのは、どう考えたってアルドリッジ侯爵家以外にありえないはずなのにね。

ちなみに、セラフィーナに知らされていなかったのはわざとじゃないと思う。いじめの他に興味がなさすぎて、気がつかなかっただけだ。

「……行ってきます」

さっきの王都のはずれの生家の前とはまるで違う、暗い表情でカイは差し入れのバスケットの持ち手を握りしめて歩いていく。

わたしは何も言えずに、馬車の前でただそれを見送ることしかできなかった。

トントントン。

扉を叩く音の後に、呼び鈴の音が響いたのが馬車まで聞こえてくる。あの飄々《ひょうひょう》としたカイが、呼び鈴の存在に気づかなかったなんて。それだけで動揺が窺《うかが》えた。

「はい」

少しして、中年の女の人が顔を見せた。カイとよく似た髪色をしているところから考えると、もしかしてあの人がカイのお母さんなのかな。

貴族ほど着飾ってはいないけれど、きれいなワンピースを着て、エプロンはしていない。間違いなく裕福な生活をしているのが想像できる。

「カイです。カイ・アルドリッジです」

「カイ……？　あなた、本当にカイなの!?　こんなに大きくなって……！」

女の人がカイをぎゅっと抱きしめた。

さすがにふたりの表情はわからないけれど、カイの手からバスケットが滑り落ちたのが見えた。

「……妹の……イリナの病気の様子はどうですか」

「イリナが病気……？　あっ。そ、そうだったわね。でも大丈夫よ。きちんとお医者様に診てもらえたから」

「お見舞いに来たんです。イリナに会わせてください」

「イリナは……ごめんね。ちょっと、会える状態じゃないのよ」

「でも、お医者様に診てもらってよくなりつつあるのではないですか」

「……それは……」

親しげだったふたりの距離が離れたのを見て、わたしは馬車を離れてカイの方へ歩き出す。

なぜかとても嫌な予感がしたのだ。

わたしが扉の前にいるカイのところへ辿り着く前に、明るくてハキハキとした声が聞こえた。

「お母さん、おきゃくさん？」

八、九歳ぐらいのかわいい女の子だ。カイとこの目の前の女の人と同じ、薄い茶色の髪をふわふわと肩上で跳ねさせている。
「!?　イリナ……!?」

「お母さん、このお兄さんだぁれ？　どうしてわたしの名前を知ってるの？」

「……いいのよ。あなたは向こうに行ってなさい」

カイの妹はカイの三歳年下のはずだ。

歳の頃を考えてもあの子が『イリナ』に違いないのに、伏せっている様子が全くないどころか、血色のいいふっくらとした頬がつやつやしている。

おまけに、カイのことを知らないと首を傾《かし》げ、着ているのは貴族令嬢が着るのとそう変わらない流行のドレスだった。

「はぁーい。家庭教師の先生が来るまでにお話を終わってね？　わたし、ひとりでは勉強する気になれないの」

そう言うと、イリナは部屋の奥へと消えてしまった。慌てたように女の人が取り繕うような笑みを浮かべる。

「カイ、これはね」

「……どういうことなのか説明していただけますか」

「イ、イリナの病気がすぐに治ったのは、手紙を読んだあなたがお見舞金とお医者様を手配するように侯爵様に進言してくださったおかげなのよ。カイ、ありがとう」

「では、なぜ引っ越したことを教えてくれなかったのですか。手紙に書いてくれてもよかったのに。それに、イリナは僕のことを覚えていないのですか？　幼い頃は慕ってくれていたのに」

「カイに余計な心配をかけたくなかったのよ。イリナはあなたと別れたときまだ三歳だったから、忘れちゃったのかもしれないわ」

そこまでカイの母親が話したところで、部屋の奥からまた新たな人物が現れた。

たぶんこの人はわたしやカイよりも歳上だと思う。

十五歳ぐらいに見える少年だ。

肩につくほど伸ばした髪の片側だけを短く切り、前髪は眉毛のうえで一直線に揃《そろ》っている。

おそろしいことに、このダサい髪型は王都での最近の流行だった。

彼はダサすぎるこの髪型に何の疑問も抱いていないのだろうか。わたしがそんなことを考えている間に、カイに気だるげな視線を向けた。

「お母さん。『カイ』って……もしかしてこの人が僕の学費を支払ってくれる人？」

「――は？」

「いやあね。違うわよ。そ、そんなはずないじゃないの」

カイの低い声をかき消すようにカイの母親が割り込んだけれど、もう遅かった。

ダサい髪型の少年は心底不思議そうに、そして面倒そうに続ける。

「だって、先月僕が騎士学校へ通いたいと言ったら、『カイ』に連絡するから待ってろって」

「!? 何を言うのかしら？ ほ、ほら！ あなたも向こうへ行っていて！ イリナの家庭教師がもうすぐ来るのよ」

「……だって、この人が『カイ』ならお礼を言わないと」

振る舞いや気だるげな話し方は今どきの若者のそれなのに、この少年は意外と律儀らしい。

そうして、カイに向き直るとカイの母親の制止を振り切ってきちんと説明までしてくれた。

「この家に支援をしてくれているのはあなたですね。僕たちはいわゆるステップファミリーです。僕は父の連れ子で、さっきの妹のイリナはここにいる育ての母の連れ子です。僕たちが家族になったのはイリナが幼い頃だったのでイリナは僕のことを本当の兄と思っていますが……。とにかく、うちは父も母も定職についていないのに裕福な暮らしをさせていただいています。それはすべて『カイ』が莫大《ばくだい》な支援をしてくれているからだと。ありがとうございます」

突っ込みどころが多すぎて、どこから聞けばいいのかわからない。

この家、正気ですか？

つまり、養子になったカイを伝手《つて》にしたお金で、カイとは関係ない人たちまで養い、しかも妹にはカイの存在を隠して血の繋《つな》がらないこの人を兄だと教え込んでるってことだよね。

おまけに、理容室で流行の髪型にオーダーするぐらいの余裕を持った暮らし……。いや髪型はいいのだけれど。個人の趣味なのだけれど。

この倫理観、アルドリッジ侯爵家並みにやばくない……？

「そ、そういうことなのよ。また手紙を書くわね。じゃあ」

カイの母親は弁解を諦めたらしい。

呆気《あっけ》に取られているあいだに、がちゃん、と扉を閉められるかと思った。けれどすんでのところでわたしはヒールを履いた足を滑り込ませた。

がこっ。

勢いよく閉められようとした扉に、わたしの足が挟まった音がした。

普通にとっても痛い。

「なっ⁉　あなた、勝手に入ってこないでちょうだい」

「痛ぁっ……お、お待ちなさい」

金蔓《かねづる》であるカイにこれ以上不都合な事実を知られたくないのだろう。焦りながら扉を閉めようとするカイの母親の前に、わたしは立ちはだかった。

そう、ものすごーく、悪役令嬢っぽく。

「あなたたちはカイに嘘《うそ》をついて多額の支援を受けているようね。そんなことをして許されると思っているのかしら？」

「そんなのあんたには関係ないことでしょう。侯爵様が口止め料代わりに払ってくださるんだもの。あんた誰よ。アルドリッジ侯爵家の使用人？」

カイの実家へ行くと聞いて、わたしはわざと質素な服を選んでいた。

そのせいでカイの母親はわたしが悪名高い『セラフィーナ・アルドリッジ』だと気がついていないらしかった。

それを利用してさらに確認する。

「お金が必要なのだったら、いつも通り侯爵家に請求すればよかったでしょう？　どうしてイリナが病気なんて嘘をついたのかしら」

「騎士学校へ行くお金といったら大金よ。さすがに渋られたのよ。それで、カイに泣きつくことを思いついたの。侯爵様はカイには大金を払う価値があると思っているんだもの。いくら何でも、カイに念押しされたら考え直すでしょう？」

庭先にカイの震える声が響く。

「母さん。時折、僕に『パンが食べられないほど生活が困窮している』と手紙を送ってきていたのは、侯爵様に援助を催促させるための嘘だったということですか」

「それが何よ。私はあの侯爵様に遊ばれて捨てられた後の数年間、ひどい暮らしをしていたのよ。その上あなたまで取られて悲しくて辛かった……あなたは侯爵家で優雅な暮らしを満喫しているっていうのに、私だけが……。だったらこれぐらい許されるでしょう⁉」

カイの母親は完全に開き直っているみたい。

そしてひとり息子だったカイを奪われた悲しみはよくわかる。貧しい暮らしのせいもあって、アルドリッジ侯爵家への憎悪を募らせていったことも。

けれど、ここには重大な間違いがある。それは、復讐《ふくしゅう》の気持ちの矛先が全部カイに向かってしまったことだ。

自分で言うのもあれだけど、うちはとんでもないお金持ちだ。

この家族の生活費を出してあげることなんて、本当に痛くも痒《かゆ》くもない。

実際、この一家の毎月の生活費よりも記憶を取り戻す前のわたしが使っていた服飾費の方がはるかに高額だと思う。

さっきの少年が騎士学校へいくお金をお父様が出し渋ったと言っていたけれど、たぶんそれは金額の問題じゃなかったんだと思う。

さすがに面倒になったんじゃないかな。騎士になっちゃったら、功績をあげて貴族になる可能性もなくはないしね。

捨てたはずの妾《めかけ》が結婚して、自分が援助したお金で貴族になって親戚面。

うん笑えない。

一方で、カイのお母さんにしてみれば、アルドリッジ侯爵家はやりようによってはいくらでも支援をしてくれる打ち出の小槌《こづち》のような存在だったのかもしれない。

カイはその打ち出の小槌を動かすための手段になってしまったのだ。

……カイがアルドリッジ侯爵家でどんな仕打ちを受けているかも知らないで。

そう思ったら、怒りが湧いてきた。

お腹の底から何かが燃え上がるような不思議な感情だ。

もしかして、セラフィーナがメイドや令嬢たちに八つ当たりをしていたのって、この感情のせい？

制御できるか少しだけ不安になりかけながら、わたしはにっこりと微笑んだ。

「わたしたちの瞳の色、よく似ていると思いません？」

「え？」

「申し遅れました。わたしはセラフィーナ・アルドリッジですわ。カイとは母親が違いますが姉にあたります」

そう告げて、わたしはあえて淑女の礼をした。ただでさえ呆気に取られていたカイの母親が息を呑《の》む気配がする。それでいい。

だって、この家族がどんなにいい先生をカイの妹につけたとしても、イリナにこの淑女の礼を身につけることはできないだろうから。

わたしがして見せたのは、それだけの所作だ。

生まれつき高貴な家で育ち、幼い頃から厳しい教育を受けた人間でないと辿り着けない。

セラフィーナ風にいうと『うっかり大金を得ただけの平民ではどんなに頑張っても得られないもの』だ。

ちなみに、今のセラフィーナにいろいろなことを厳しく教えられる先生はもういません。わがままと権力が揃っちゃうと本当に怖い。子どもの頃で淑女教育が終わってて本当によかったよね。

「……!?　あなたが……セラフィーナ様!?」

おぼろげな今世での記憶の中から、メイドを意味もなく叱責するときの感覚をひっぱりだしたわたしは、お腹に力を入れた。

「――物乞いへの施しのつもりが、増長させてしまったようですわね」

「ものっ……ごい!?」

瞬時に顔を真っ赤にし、怒りを滲《にじ》ませたカイの母親にわたしは居丈高に言い放つ。

「ノブレスオブリージュ。お父様が好きな言葉ですわ。ですが、アルドリッジ侯爵家はその言葉の意味を理解し間違えていると思いますの」

記憶を取り戻す前のわたしは意味自体わからなかったけどね。

「は？　のぶ……おぶり……？」

「おまえたち乞食《こじき》と違い、わたしたち貴族のように恵まれた特権階級にいるものは、社会がよりよくなるように尽くす義務があるという意味ですわ。――物乞いの頭の中が空っぽになって増長し主人に噛み付くまで施しを、という意味ではありませんことよ」

「はー!?」

物乞い扱いされて怒り狂うカイの母親を前に、わたしは地面に落ちていた差し入れ入りのバスケットを足で指し示した。

「拾いなさい？　これは主人からの命令よ」

「なっ、何を……？」

「施しを受けて喜んでいるんでしょう？　いいから拾いなさい」

自分が出せる中でもっとも低く怖い声で凄《すご》むと、カイの母親はしぶしぶ屈んでバスケットを手に取った。それを確認してからわたしは続ける。

「それが最後の施しです。大事な大事な息子からの最後の贈り物。せいぜい味わって食べることね。それから、アルドリッジ侯爵家からおまえたちへの支出は詳細に記録してあるはずです。お父様の醜聞を広めていただいても結構ですが、おまえたちがどれだけ甘い汁を吸ったかを知れば批判の矛先はすぐに変わることでしょう」

「な……そんな……違うんです、セラフィーナ様」

「あら？　おまえに名前を呼ぶ許可を出した覚えはなくってよ」

そう告げると、わたしは震え出してしまったカイの母親を置き去りにして踵《きびす》を返した。

できるだけ優雅に見えるように気を遣いながら御者の手を借り馬車に乗り込む。カイも無言で後をついてきた。

カイの目は赤くなっている。

いくら貴族社会で暮らしていて大人びているとはいえ、カイはまだ十二歳だ。今日の出来事は相当にショックだったのだと思う。

もしかして、わたしが勝手に援助を打ち切り、カイのお母さんをひどく罵ったことに怒っているかもしれないけれど……。


動き出した馬車の中で、隣に座っているカイの顔色を窺ってみる。

カイは俯《うつむ》いていたはずなのに、なぜかそのタイミングで顔を上げたのでばっちり目が合ってしまった。

気まずい。わたしは悪役令嬢なんて務まらないぐらいにまぬけすぎる。

勝手に本当の家族との縁を切ったことを憎まれているかもしれないと思ったけれど、カイが伝えてきたのは違う感情だった。

「……セラフィーナ様はこのことを知っていたんですか。だから、僕をいつも罵って……確かに僕は罵られるだけの存在だ。自分がどんなに迷惑をかけているかも知らずにアルドリッジ侯爵家を憎んで、馬鹿みたいです」

「どうかしら。そんなふうに見えた？」

そこら辺の判断はお任せしたい。

でも、答えを言うとわたしも今知ったばかりです。

本当のことを話してもいいけれど、実際にわたしたちはカイにキツく当たってきたのだ。許してもらおうなんて虫がよすぎるし、余計な弁解をする気にはなれなかった。

「……ずっと知っていて、僕にこのタイミングで教えてくれたんですね」

「へ？」

「今日知らなければ、僕はアルドリッジ侯爵家のことも、あなたのことも、ずっと大嫌いなままでした。今日、僕へのお礼と見せかけてここへ連れてきてくださったこと、感謝します」

ちょっと待ってください？

確かに、判断を任せたいとは思った。

けれどカイの解釈があまりにも予想外な方向へ進んでしまったことに、わたしは慌てるしかない。

「カイ、ちょっと待って？？？」

あわあわするまぬけ面なわたしの隣に座ったカイは、そのまま深く頭を下げた。

両手は膝の上でグーで握られていて震えている。そこにぽたりと水滴が落ちていく。

「僕は何も知らなかったことが心底……恥ずかしい……。ご迷惑をおかけして本当に……申し訳……ございません……」

「カイ……」

嗚咽《おえつ》混じりで告げられた謝罪に胸が詰まる。

何て言葉をかけたらいいのだろう。

悪役令嬢のセラフィーナは本当に何も考えずにカイをいじめていただけだ。

でも、今それを話してもカイは信じてくれるかな。そのことがカイの救いになるのかな。

「……わたしはカイの実家に金銭的な援助をしているなんて知らなかったわ。あなたのことは本当に邪魔だと思っていたからいじめていたのよ」

「僕の罪悪感が薄まるようにそう仰っているのですね。姉上……」

「あねうえ？？？」

全然信じてもらえなかった。それどころか、いきなりきゅんとする呼び方をされてわたしの心臓が跳ねた。

だって、カイみたいな美少年に姉上なんて呼ばれる機会、めったにないんだもの。

でも、姉上。姉上。あねうえ……。

素敵な響きだけど、本当にちょっと待ってほしい。

すっかり頬を赤くして固まったわたしに、カイは頭を下げたまま続ける。

「アルドリッジ侯爵家にお世話になることが決まったとき、『姉上』とお呼びすることを許していただけませんでした。どうか、今一度再考をいただけないでしょうか」

「……!?」

懇願するような声色に、わたしは唇を噛む。

うわーーーー待って待って待って。

わたしは悪役令嬢だ。

三年後に『ルーナ学園』に入学して、ゲームのシナリオが終わった後は隠居して、王都の端っこの小さな家できゅうりを齧りながら暮らすのが夢。

そのためには、主人公に出会う前のカイと必要以上に仲良くなってはいけないのはわかる。

ていうか、ついさっきまではこんな展開になるなんて予想もしなかったし！

悪役令嬢セラフィーナならここで『気持ち悪いわね！　姉上なんて呼ぶんじゃないわよ！』って罵倒を始めるべきところ。

でも……こんなに傷ついていてしかもかわいい義弟を前に、そんな非道なことは……普通、無理じゃない？　ね？

ということで、それっぽい言い訳を盾にしてついにわたしは根負けした。

「わ、わかったわよ。姉上って呼んでもいいわ」

「姉上」

その瞬間、カイが顔を上げて微笑みを向けてくる。

少しはにかんだような、控えめな笑い方だ。目には涙がキラキラと光っていて、何て眩《まぶ》しいのだろう。

わぁ。ワンコ系年下男子カイのこんなスチル、『ヒカアイ』で見たような気がする――

ガタン！

気が遠くなりかけたところで、馬車に衝撃を感じた。

と同時に、外では馬のいななきが聞こえる。御者や護衛たちが騒ぐ気配もして、わたしは我に返った。

「どうしたのかしら」

「土砂崩れが起きているみたいですね」

馬車の窓から外を覗《のぞ》き込んだカイが教えてくれた。

平民の中でも裕福な層が暮らしているこのエリアは山沿いに位置し、裏には山があって、国立公園になっている。

ちょうど今わたしたちがいるのはその国立公園の辺りのようだった。

コンコンというノックとともに「セラフィーナお嬢様」という呼び声が聞こえて、わたしはカイに馬車の扉を開けさせた。

すると、焦った様子で御者が説明してくる。

「困ったことに、土砂崩れがあってこの先の道が通れなくなっているようです」

「そうなの。道が復旧するのはいつ？」

「それが……土砂崩れの原因が魔物によるものということで。まずは魔物の討伐が終わってから、道を元に戻すことになります。聞いた話によると、今通ってきたばかりの道も土砂で埋まっているようです。迂回路《うかい》もなく、今日中にお屋敷へ戻るのは難しいのではと」

「それならこの場所も危険ね。一刻も早く離れないと」

馬車を降りながらそう言う間にも、山の方からはパラパラと小石が落ちてくるのが見え、地滑りのような音も聞こえる。

ここに長く止まっていては土砂崩れに巻き込まれる可能性がある。

でも、道が前も後ろも塞がっているんじゃ、避難しようがない……

そこまで考えたところで『ヒカアイ』のあるイベントのことを思い出した。

ルーナ学園に入学して二年目の初夏、学校の遠足イベントでわたしはここを訪れることになる。

そうだ。雨が降ると地盤が緩くなり、ちょっとした魔物の出没で土砂崩れが起きてしまうといわれているこの地域で、絶対に安全な道がひとつだけあるんだよね。

貴族子息であるわたしたちは、念のためその道を通ってハイキング先の国立公園に向かうことになるのだ。

つまり、その道に避難すればいいのでは？

「この土砂崩れの中で、土砂に埋まっていない道があるはずなのだけれど」

「？　姉上、どういうことですか？」

「土砂崩れが多いこの地域で、いざというとき人を守るために作られた魔法で保護された道があるのよ」

自分がまともに使えないからすっかり忘れていたけれど、『ヒカアイ』の世界は魔法が存在するファンタジーの世界だ。

生まれつきそれぞれの特性に応じて火・水・風・土の四大属性魔法が与えられ、貴族や王族に生まれた場合には強大な魔力や特別な色の魔力が与えられることがある。

ヒカアイの主人公は光属性の魔力を目覚めさせたことで男爵家に引き取られ『ルーナ学園』に入学することになるのだと思えば、この世界で珍しい属性の魔法を扱えるということはとんでもない強みになるんだよね。

そういう特別な魔法使いの人たちの魔法によって保護されているのが、今わたしが探している道だった。

土が降ってきても瞬時に跳ね返し、いざというとき安全に国立公園へ避難するためのものだ。

「セラフィーナお嬢様、その道というのはあれでしょうか」

御者が指差した先には、土砂の中で光を放つトンネルのようなものがあった。

ゲームの画面で見た通り！　トンネルのように見えるのは、魔法が土砂を跳ね返しているからなのだろう。

ここにいるよりも、あの道に入った方が絶対に安全だと思う。

だって、多くの貴族令息や令嬢を預かっているルーナ学園の先生お墨付きの道なんだもの。

そう結論づけたわたしは、立ち上がってみんなに指示したのだった。

「皆、あのトンネルの中へ。宮廷魔法師が作った結界だから、安全なはずよ」

トンネルの中は、まだ昼だというのに暗かった。

周りが土で覆われているから当たり前だよね。カイが属性魔法を使って明かりをつけてくれる。

ちなみに、カイは火属性持ちで、アルドリッジ侯爵家の跡取りらしくそれなりに大きな規模の魔法が使える。

わたし？　わたしはアルドリッジ侯爵家の血を引いていても、主人公の引き立て役のためだけに存在する悪役令嬢らしく、魔法の能力はぽんこつだ。

水属性持ちのはずが、どんなに魔力を込めても全然魔法が発動しない。

せいぜい手のひらにわずかに水が滲むぐらいのもので、この前あらためて発動させてみたときには手汗かなって思った。

話を戻したい。

今、わたしたちがいるトンネル――結界の範囲は半径三メートルぐらい。

意外と天井が高くて安心するし、魔法で土を防いでいるおかげで埃《ほこり》っぽさも皆無だった。

「ここ、意外と快適ね」

「あ……姉上がこの土のトンネルの内部に避難することになって怒らないなんて……」

カイが目を泳がせている理由はよくわかる。

皆が恐れる悪役令嬢セラフィーナなら、ふかふかのベッドがある自分の屋敷に戻れないことに怒り狂って、御者のひとりを半殺しにするような気がする。

わたしもふかふかのベッドで寝たいのは山々だけど、それ以上に『ヒカアイ』の画面越しに見た国立公園が近くにあることにわくわくしていた。

だって、アルドリッジ侯爵家はゲームのイラストに出てこないんだもの。初めて乙女ゲームの世界に来たって感じがして、ドキドキする……！

「早くこの道を上って国立公園に向かいましょう。国立公園には休憩用の館があるはずよ」

みんなを先導して歩きながら、ふと気になってトンネルの壁に手を伸ばしてみた。

ここは魔法で作られたトンネルなのだ。どんな触り心地なんだろう。土に触れるのか、それとも魔法の層に触れられるのか。

好奇心でトンネルの壁を撫でたわたしの手は、一瞬明るく光った。強い光を発したと思ったら、薄く透明になっていく。

「えっ？」

薄く透き通っていくのは、光だけじゃない。

わたしの手もだった。

「――姉上⁉」

カイの悲鳴のような叫び声を最後に、わたしの体は消えた。


「ここ、どこ……」

さっきまでトンネルの中にいたはずのわたしは、いつの間にか外に立っていた。

目の前に広がる湖は、大昔に噴火でできた火口なのだとか。ゲームの知識で、わたしはそれを知っていた。

気持ちがいい山の上。湖畔には草が風にそよぎ、小さな花が咲いている。さっきまで暗いトンネルの中にいたのが嘘みたい。

「国立公園の中だわ」

後ろを振り返ると、山のふもとに向かって続く土砂崩れの跡が見えた。

きっとカイたちはあの中にいる。

おそらく、わたしは魔法の壁を触ってしまったせいで結界の外に出てしまったのだろう。そして運よく国立公園の中に出た。

ここは、『ヒカアイ』のイベントの遠足で来たのと同じ場所に違いない。

と同時に思い出す。

「……さっき、土砂崩れの原因は魔物の暴走だって言ってたよね？」

ファンタジーな世界観が売りの『ヒカアイ』には魔物が存在している。

もちろん、王都には魔物が入り込まないように結界が張ってあるけれど、今は『聖女様』と呼ばれる存在がいないためその結界の効果が弱い。

だから、王都のはずれには魔物が出ることがある。

山沿いのこの場所もそんなエリアだ。

ちなみに、『ヒカアイ』の主人公は聖女様になる予定だ。悪役令嬢セラフィーナがゲームのシナリオを終えた後に安心して寝て暮らすためにも、主人公ちゃんのことは全力で応援したいと思う。

ゲームシナリオでは、最終的に魔物を統べる『魔王』を倒してからそれぞれのルートのハッピーエンドに辿り着くことになるのだけれど……魔物の暴走が原因で土砂崩れが起きたってことは、この近くにはたくさんの魔物がいるってことでは？

それ、とんでもなくまずくない？

悪役令嬢のセラフィーナにはまともな魔法が使えない。

ここで魔物に遭遇してしまったら死一択。え、待って？　悪役令嬢なのに乙女ゲームのシナリオが始まる前に死ぬって何？

寝て過ごす堕落した余生を迎える前に死にたくない……！

国立公園にはわたし以外に誰もいない。

魔物が出たのだから、人々は避難済みに違いない。

豊かな自然の中に潜む不気味な気配に足が竦《すく》みかけたところで、声がした。


「きみは、どうしてこんなところにいる？」


サラサラしているのに、低く耳に響く不思議な声だった。

振り返ったわたしの視界に飛び込んできたのは、まず眩しいぐらいの銀髪。

そして宝石のようにキラキラと輝く青い瞳。

顔の下半分を隠すようにマスクをしていてそれ以上は何もわからない。

けれど、マスクをしているのにわかる。彼はここは乙女ゲームの世界だと納得させてくれるほどの、とんでもないイケメンだ、と。

年齢はわたしと同じ――十三歳ぐらいかな。わたしより少しだけ背が高くて、小顔だ。

これだけのキラキラなイケメンだ。

もしかして『ヒカアイ』の攻略対象者ではと思いかけたけれど、あいにくわたしが知っている『ヒカアイ』のパッケージに銀髪はいなかった。

攻略対象者は黒髪、金髪、茶髪、赤髪、黒塗り。バラエティ豊富だけど、ひとりぐらい銀髪がいてもよかったのにな。

……あれ？　そういえば、黒塗りの人は誰だったんだろう。

黒塗りってシークレットのはずだよね。一応、全員のルートをクリアしたはずなんだけどな……。

そこまで考えたら、頭の中にモヤがかかったようになる。

一方、わたしに声をかけてくれた少年は、ぼうっと突っ立ったままのわたしを見て心配になったらしい。

ぶっきらぼうだけれど、どことなく優しさを感じさせる声音で話しかけてくる。

「大丈夫？　この下に魔法を使った安全な避難ルートがあるみたいだ。そこから山を下ると王都の街に出る。俺は一緒に行けないけど、すぐに避難を」

「あなたは行かないの？」

意識を呼び戻したわたしが何とか答えると、銀髪のイケメン少年は一瞬だけマスク越しでもわかるほどに顔を強張らせた。

「……うん。俺は行かない。魔物を何とかしないと」

確固たる意志が宿った、強い瞳だ。

その姿に違和感を覚えて、わたしは彼を観察してみた。

そういえば、彼は白をベースにした騎士服のようなものを着ている。

腰には剣を下げ、耳にはぶら下がるタイプのピアス。

あ、知ってる。

このピアスはただのアクセサリーではなく騎士が使う魔導具だ。

てことは、この人は魔物を退治しにきた騎士……？　ひとりで？　しかもこんなに子どもみたいなのに？

彼のすらりとした立ち姿は、わたしと同じ歳ぐらいの少年にしては洗練されていて、まるでお姫様を助けに来た騎士のようだ。

それでいて声がサラサラとして背が低いのだから、不思議な気持ちになってしまう。

何ていうか……まだ未熟な器に、とてつもなく大きなものを背負っているみたいに見えた。

「あなたひとりで魔物を倒しにいくの？」

「そう。ここは危ないから早く行って」

「どうしてひとりで行くの？　土砂崩れを起こすほどの魔物の暴走って、ひとりじゃ危ないんじゃないの……？」

「俺はそういう家に生まれて、きちんと訓練を受けてきたから大丈夫。これは試験のようなものなんだ。いざとなれば助けが来る。だから気にしないで逃げるんだ」

彼の口振りに、わたしは目を瞬いた。

そういえば、『ヒカアイ』の世界って、ファンタジーな世界独特の脳筋な設定がちょっとあった気がする。

たとえば、王子様でも剣や戦闘用の魔法は訓練するし、いざというときには民を守るために戦わないといけない。

きっと、このイケメン銀髪少年は貴族の生まれで、これは家から課せられた能力を試すための試験なのだろう。

そう納得したわたしは、これ以上引き止めるのをやめて魔法で守られたトンネルへと戻ることにした。

「わかったわ。……気をつけてね」

「ああ」

背中にイケメン銀髪少年の返事を聞いて歩き始めた数秒後。

後ろの方で、パチンという小さな破裂音が聞こえた。

思わず振り向くと、大きな光の盾ができている。

その盾はイケメン銀髪少年の身体だけじゃなく、少し離れた場所にいるわたしまで保護するほどの大きなものだ。

生活魔法ではない、戦闘で使われるような魔法を目の前で初めて見たわたしは思わず驚きの声をあげそうになる。

けれど、その声は音になる前に恐怖に変わった。

「⁉」

光の盾に何かがぺっとりとくっついている。

それもひとつではない。

わたしが声を出せないでいるうちにも、光の盾にべとべとした生き物が降ってきてはくっつき、もしくは跳ね返されている。

これ……見たことがある。スライムだ。

ドン。ゴンッ。ベタベタベタベタベタベタン。

スライムが盾にぶつかる音が激しくなっていく。我を見失ったかのようにわたしたちに向かって突進してきている。

まさに、『魔物の暴走』そのものだった。

「何やってんだ。早く逃げろ」

「そんなこと言われても！」

「俺のことは気にするな。出てきているのがかわいいブラックスライムなうちに早く行け」

「でも……あ、足が動かないわ……！」

そうなのだ。

前世、ゲームのプレイヤーとしては魔物なんて死ぬほど見た。何ならラスボスの魔王だって倒した。

けれど、実際に目の前で見たのなんて初めてで。

彼の足手まといにならないよう一刻も早くこの場から立ち去りたいのに、足が動かない。情けなさすぎる……！

生まれたての子鹿のようにぷるぷると震えるわたしを見て、イケメン銀髪少年はため息をついた。

「……きみの名前は」

「セ、セラフィーナ。セラフィーナ・アルドリッジ。アルドリッジ侯爵家の娘だけれど、魔法はひとつも使えないわ。み、水属性の魔法が使えるけど、て、てて手汗しか出せないの」

カイの母親は気がつかなかったけれど、この彼はわたしが貴族令嬢だと見抜くだろう。

貴族の生まれならば、大体がそこそこのレベルの魔法が使える。

でも、わたしは主人公がピンチになるエピソードを陰湿ないじめだけで演出する悪役令嬢なのだ。

完全に戦力外だということをお知らせしたくて聞かれてもいない家名まで伝えたのに、彼は余裕そうに目を細めた。

「きみ、正直すぎて面白いな」

おもしれー女いただきました！　でも今はそれどころじゃない。

「わ、わたしは自分で何とかここを脱出するから、あなたはわたしのことは気にせずに戦って」

「アルドリッジ侯爵家の令嬢がここにいるんなら、さすがに放置するわけにはいかない」

「うちを知ってるの？」

「当然」

さらりと答えられて頬が熱くなる。

ですよね。セラフィーナはお茶会で気に入らない令嬢に熱い紅茶入りのポットを投げつけるんだから、当然知ってますよね……！

誰のこともいじめず、人に迷惑をかけない人生を送ることを誓ったけれど、見ず知らずのこの銀髪イケメン少年がわたしのひどい振る舞いを知っているのかと思うと、恥ずかしさで穴があったら入りたい。

ちなみに勉強が嫌いなセラフィーナは、一応王太子殿下の婚約者なのに貴族名鑑なんて一度も読んだことがない。だから、この銀髪イケメン少年がどこの家の人なのかは見当もつかなかった。

「一旦盾を解除するけど、その瞬間にこのスライムたちを魔法で一気に焼き切る。見た目的にも音的にもちょっとグロすぎるから、目を閉じて耳を塞いでいるんだ。いい？」

光の盾を維持するために片手を上げたままわたしを見下ろしてくる彼に、こくこくと頷いて恭順の意を示す。

もうこれ以上迷惑をかけたくない。

ぷるぷると震える子鹿の足に力を込めてみたけれど、やっぱりだめ。

わたしを見ていた銀髪イケメン少年はしかたがないなというふうに空いている手でわたしの腕を掴《つか》み、自分の後ろにくっ付かせてくれた。

「この範囲なら攻撃魔法を使いながら盾も出せるから」

背中越しに声が響いて、ちょっとだけほっとする。

怖いのに変わりはないけれど、気休め程度に。

彼はそれもわかってるのかな。セラフィーナと同じぐらいの年齢の子なのに気遣いがすごすぎる。

感動しながら何とか頷《うなず》くと、彼は「じゃあ、行くよ」と呟いた。そして。

聞き慣れない呪文を唱えるのが聞こえたかと思うと、視界が真っ白に明るくなった。

白光の光がわたしの目の中をまるで焼き切るように強く突き刺さり、目を開けていられない。

その瞬間、さっき『見た目的にも音的にもちょっとグロすぎるから、目を閉じて耳を塞いでいるんだ。いい?』と言われていたことを思い出して、わたしは耳を塞いだ。

ぎゅうっと両耳を押さえ、目を閉じていてもまだ眩しい光の中でどれぐらい我慢したことだろう。

明るさがなくなり、ゴムが焦げるような臭いが鼻をついて、わたしは反射的に目を開けた。

スライムはもういなかった。

そのかわりに、周辺に焼けこげた物体が無数に落ちている。きっと、『つい数秒前までスライムだった何か』な気がした。

助かった。ほっとしたら、魔物の退治が終わったことを察したわたしの足にゆっくりと感覚が戻っていく。

よかった。これでやっと逃げられそう。

「焼き切るっていうから、火属性の魔法だと思ったわ……」

「さすがに、火属性だったらここにひとりで寄越されてないだろうな」

「…………」

この世界には、火・水・風・土の四大属性の他に、『光』と『闇』の属性が存在する。

『光』はヒカアイの主人公ちゃんが得意とする魔法で、『闇』は言わずと知れた魔王が使いこなす魔法だ。

でも、この銀髪イケメン少年、間違いなく『光』の魔法を使ってたよね……？

怪訝そうなわたしの視線に気がついたらしい少年は、マスクをわずかに引き上げる。

ん。これって、聞くなっていうことかな。

その仕草を見ていたら、つい目が合ってしまった。

仕方がないので関係ない質問をした。

「……どうしてマスクをしているの？」

「花粉症」

「へぇ。この世界にも花粉症があるのね」

「は？」

「ううん。こちらの話よ」

とにかく、『光』の魔法のことに触れるのはやめておこう。

ゲームにはそんな設定なかったけど、もしかしてこの人は主人公ちゃんの家族とかかもしれない。

そうでなくても、この世界にとっては間違いなく特別な人のはずだった。

「土砂崩れを引き起こすほどの魔物っていうから、もっと強敵かと思ったけど……ブラックスライムでよかったな」

「ブラックスライムでも初めて見たら驚くし、あの大量のブラックスライムに襲われたら死人が出るわ。助けてくれてありがとうございます」

お礼を伝えると、銀髪イケメン少年は心底不思議そうに目を見開き、眉を上げた。

そうだった。わたしは悪役令嬢セラフィーナ。助けてもらっても、まずお礼は言わないよね……うん。

「じゃあ、」

急に気まずさを感じたのでさようならを言おうとしたところで、空が急激に暗くなった。

雨でも降るのかな、天を見上げてみたけれど、そんな感じはない。

頭上にはただ不気味な黒い空が広がっている。

こんなの見たことがなかったわたしは上を見たまま暢気《のんき》に言った。

「ドラゴンでも飛んできそうね……って、そんなわけ、」

「！　俺の後ろに」

冗談だったはずなのに、銀髪イケメン少年はわたしの手を掴んでもう一度わたしを背中に隠した。何。まだスライム残ってた……？　にしても行動がイケメンすぎる……！　なんて暢気なことを考えかけたわたしだったけれど、彼の視線の先を追って凍りついた。

暗闇の中に赤い目が六つ。

それも、大きいものだ。それがかなり大きいだけでなく相当近くに来ていることがわかって、怖気が走る。

「あれ……な、なに……」

「ケルベロスだ。だろうな。ブラックスライムが大量に出現しただけで、土砂崩れが起きるはずがない」

「ケルベロス」

ケルベロスって『ヒカアイ』ではクライマックスで魔王を倒すひとつ前の段階で出てきた魔物だよね⁉

シナリオでは、光魔法を使いこなす主人公ちゃんを中心とした五人のパーティーで倒した感じだよ？　無理では？

分の悪さに血の気が引いたわたしだったけれど、銀髪イケメン少年も同じようなことを考えているみたいだった。

腰に下げた剣に手をかけ、わたしに囁《ささや》く。

「いいか。足の震えはおさまったな？　俺が注意を引きつける間に、走って安全な場所へ」

「だってあなたは⁉」

「俺は、体に残っている魔力が閾値《いきち》を超えると自動的に助けが来るようになっている。王宮騎士団の騎士団長クラスがわらわら助けに来る。だから気にしなくていい」

「つまりそれって捨て身ってことでしょう⁉」

「試験で死ぬ気はないんだ」

そうして、銀髪イケメン少年は剣を抜いた。

ケルベロスはじりじりと距離を詰めてきていて、さっきまでは赤い瞳しか認識できなかったのに、今では灰色の毛に包まれた体の輪郭まではっきりとわかる。

ケルベロスは体はひとつだけなのに、犬の頭が三つある魔物だ。ひとりで倒せるなんて到底思えない。

でも、魔法で手汗しか出せないわたしがいても、足手まといにしかならないのはわかる。

となると、従うしかなかった。

「走れ！」

その合図で、彼は地面を蹴って飛び上がりケルベロスに切りかかっていく。

わたしはといえば、言われた通り走り出したものの、五歩目ぐらいで盛大に転んでしまった。

だって足元がヒールなの忘れてた！　それに走りにくいドレス！　筋肉のない脚！　貴族令嬢は心底走るのに向いていないと思う。

地面に這《は》いつくばって立ち上がったわたしは、せめて走りやすくしようと靴を脱いで両手に持つ。

すると、後ろでケルベロスの咆哮《ほうこう》が聞こえた。

鼓膜を、大地を、風を、揺らす獰猛《どうもう》な声。魔力でも込められているのかと思ってしまうぐらいに、体がずしんと重くなる。

思わず振り向くと、ケルベロスは銀髪イケメン少年の剣をかわして逆に噛みつこうとするところだった。

ケルベロスには切り傷がいくつかできていたけれど、どれも致命傷にはなっていないようだ。

頭が三つあるのだ。

いくら特別な雰囲気を纏《まと》った彼でも、簡単に倒せるはずがない。

危ない。

――そう思ったわたしは、反射的に手に持ったヒールをケルベロスに向かってぶん投げた。

わたしの手を離れたヒール靴は、一直線にケルベロスに向かって飛んでいき、顔面にヒットした。

意外と威力があったようで、ケルベロスは怯《ひる》んで周囲を見回している。

その隙に銀髪少年が魔法の呪文を詠唱……したのだけれど発動しなかった。たぶん、途中でケルベロスが咆哮をあげて効果を打ち消したのだと思う。

「強すぎ……」

さっき、ブラックスライムの群れを見たときには足の力が抜けてまともに立てなくなってしまったけれど、わたしを助けてくれた銀髪イケメン少年が押されている。

何とか助けなきゃと思ったら、不思議と怖くない。

手元に残ったヒール靴をもう一度投げようと思ったら、ケルベロスがこっちを見た。

やばい。前言撤回、やばいし怖いし逃げ出したいです！

「セラフィーナ！　何やってる！」

わたしを見て驚いた顔をしている銀髪イケメン少年に向かって、心の中でごめんなさいと叫んだけれど、もう遅かった。

赤い六つの目がこちらを見ている。

これはまずい、とさらに危機感を強めたときには、もうケルベロスはこちらに向かってきていた。

ひええ。邪魔をしてしまった責任を持ってわたしが犠牲になるから、この間にケルベロスを倒して……！

今回も短い人生だったな。

大丈夫、一度は死んだはずなんだもの。それに悪役令嬢がいなくっても、ヒカアイの主人公はヒドインちゃんだしきっと問題なくシナリオは進むはず……！

「…………」

そんなことを考えて覚悟を決め目を閉じたわたしだったけれど、いつまで経っても衝撃も痛みも訪れなかった。

不思議に思ったわたしは、そうっと目を開けてみる。

そこには、ケルベロスがいた。

わたしに獰猛な牙を向けたまま、一メートルぐらいのところで固まっている。

え？　何？　何があったの……？

よく見ると、ケルベロスは小刻みに震えている。

何かを怖がっているみたいに、がくがくと震える様子はどう考えても普通じゃない。

ケルベロスの視線の先にはわたししかいないはずなのに、一体何があったの……⁉

その瞬間。

わたしの前でなぜか凍りついてしまったケルベロスを、閃光《せんこう》が真っぷたつに切り裂いた。

その閃光の切れ間から現れたのは銀髪イケメン少年だった。ケルベロスがわたしを狙っている間に魔法を剣に纏わせて切ったみたい。よかった……！

ケルベロスは悲鳴をあげる間もなく地面に倒れると息絶え、光の粒子に変わっていく。

空にキラキラと上がっていく様子は雲母みたい。主人公ちゃんも扱う属性『光』の魔法ってきれいなんだな……

そう思った瞬間。


『称号獲得【救世主】↓隠しキャラの攻略制限が解除されました』


頭の中に妙なナレーションが流れた。

えっ？　何？　称号？

そういえば、ゲームのシナリオではイベントを発生させるのに必要な称号とかいろいろあったけど……セラフィーナはまだ十三歳。

『ルーナ学園』に入学してないし、主人公ちゃんにも出会ってないよ？

それに、わたしは悪役令嬢なのにそんなことある？

聞き間違いかな。

「今、何か聞こえた？」

「いいや、何も」

銀髪イケメン少年にも聞いてみたけれど、彼は今の言葉が聞こえなかったみたい。やっぱり、さっきのナレーションはわたしの頭の中だけで聞こえたもののようだった。

「気になるけど……まぁ、いざゲームが始まったら当たり障りない行動をして、無事に主人公ちゃんのハッピーエンドを見届けて、王都の端っこに引っ込めばいいよね」

ぶつぶつ呟くわたしに、銀髪イケメン少年が心配そうにしている。

「大丈夫？　どこか打った？　怪我はない？」

「あ、ええ。一応は」

そこに関しては問題はないです。微笑んで答えると、銀髪イケメン少年はほっとしたように息をついた。

「……よかった。俺の試験に関係ない人を巻き込んだら大変だから」

「試験、とさっきも仰っていましたね。一体何の試験なの？」

「わかりやすく言うと、家を継ぐための資格があるかの試験だな。天変地異を引き起こすほどの魔物の暴走を収める、っているのが項目のひとつにあって」

うわぁ。『ヒカアイ』の世界観で考えると、この人絶対高貴な人だ。

さっきの妙なナレーションのことも考えると、全力で関わってはいけない気がする。

そう思ったわたしは、笑顔でお礼を告げると、名前も聞かずに退散することにした。わたしはゲームのシナリオが終わった後、寝て過ごすんだもの……！

「きょっ、今日は危ないところをお助けいただいて本当にありがとうございました」

「助けてもらったのは俺の方だ。セラフィーナがいなかったら正直危なかった。悔しいけど、国の騎士団長クラスが助けに来ることになってたな。……ケルベロスの動きをどうやって止めたんだ？」

「さあ？」

それはわたしにも本当にわからないのだ。

首を傾げたところで、声がした。少し離れたところからわたしを見つけて駆け寄ってくるのはカイだった。

どうやら魔法で守られたトンネルを通り抜けて、国立公園まで辿り着いたらしい。

「姉上！　ご無事でよかったです。突然消えてしまわれたので心配しました」

「あ！　そうだよね！　ごめんね」

「そちらの方は……？」

カイの視線が銀髪イケメン少年のところで止まる。けれど、自分から名乗らなかったのは銀髪イケメン少年がマスクをしていたからだと思う。

相手がどんな人間なのかわからないのに身分を明かしてはいけないし（ピンチだったわたしはあっさり名乗ったけど）、もし相手がマスクで変装した高貴な人間だった場合は無理に名乗ることを強制したとも取られかねない。

カイは賢いなぁ。何ていい子でかわいいんだ。

前世の、推しを見るような感覚でのんびりと考えていたら、銀髪イケメン少年は姿勢を正し、かしこまった言葉で告げてきた。

「今日は情けない姿をお見せしてしまいましたので、名乗るのはまたの機会にしましょう」

「またの機会？？？」

どういうことですか。

首を傾げたわたしだったけれど、銀髪イケメン少年は深い青色の瞳を細めるようにして笑うと、すっと行ってしまった。

去っていく姿までかっこよくて、わたしはぽかんとしてしまう。

「何だったの……」

でも、大量のブラックスライムとケルベロスに遭遇したのに生きて帰れたことに感謝したい。

主人公ちゃんやカイたちはゲームのクライマックスで魔王討伐に行き、これらの魔物に出会うことになるけれど、そのときわたしは学園でお留守番のはずだ。

つまり、魔物にあうのはこれっきり。

皆、頑張って世界の平和を守ってね……！


アルドリッジ侯爵家に戻ると、きゅうりの芽が出ていた。わたしはそれを大切に数日間育てた後で畑に植え替えた。

カイもきゅうりの栽培に協力してくれて、今回は失敗することなく実がついた。

初めてのきゅうりは、カイとアルマと一緒に食べた。アルマは恐縮して（怖がって？）震えているところを無理やり食べさせたに近いけれど。

異国から取り寄せたお味噌に似た調味料とマヨネーズを混ぜてディップしてあげたら、震えは止まったみたいだった。

やっぱりおいしいよね、きゅうりにお味噌とマヨネーズ。

きゅうり信者を増やすことに成功し、調子に乗ったわたしは、きゅうりの苗をどんどん植えていった。

これまでお花が中心だったアルドリッジ侯爵家の庭に黄色い花と緑の実が目立つようになったけれど、わたしのことが大好きなお父様とお母様は何も言わなかった。

ちなみに、カイの実家と縁が切れたら、お父様もお母様もカイにキツく当たるようなことはなくなった。

わたしがカイをかわいがるようになったというのもあるけど、カイの母親はうちにとってゆすりをかけてくる面倒な存在だったんだろうな。

とにかく、悪魔の館みたいな雰囲気だったアルドリッジ侯爵家の空気を変えてくれたのはきゅうりだ。きゅうりおいしいだいすき。きゅうり万歳。

そうして、わたしはいつの間にか十六歳になった。

国立公園で出会った銀髪イケメン少年は『名乗るのはまたの機会に』なんて言っていたけれど、彼がわたしに会いにくることは一度もなく、平穏な日々。

けれど、ここからがわたしの正念場なのだ。

そう、わたしはこれからいよいよ『ルーナ学園』へ入学することになるのだから。

■第三章・学園に入学したけどヒロインがいないなんて聞いてません

うららかな春。

桜の花びらがひらひらと舞う、白亜の学園。

その校門前に、わたしはこれ以上ないくらいに絶望的な顔で立っていた。

「あー、見た。見たわ……。これ、『ヒカアイ』のオープニングムービーそのまんますぎる……」

校門をくぐり抜けた向こうには、攻略対象たち。

他にも生徒はいるはずなのに、その五人にしか目が行かないようになっているのがゲーム補正だなぁと思う。

ちなみに、カイは今年から中等部の三年生に編入した。

アルドリッジ侯爵家のお姫様・セラフィーナが高等部から入学するのは、セラフィーナ自体が勉強にあまり興味がなくてその上出来が悪かったからだ。

元々お勉強が得意なカイが学園に通うことを許されなかったのは、セラフィーナの上を行ってはいけないというどうしようもない事情によるもので、本当に申し訳ないと思う。

今まで邪魔しかしない存在で本当にごめんね、カイ。今日からは主人公ちゃんと同じ学園に通えるし、きっといい出会いになるはず……！

きゅうりを介してできた大切なかわいい弟、カイの幸せと健闘を願ったわたしはオープニングムービー（概念）に意識を戻した。

宰相の息子で知的キャラでヤンデレな黒髪ルーカス、セラフィーナの婚約者で絵に描いたような遊び人の王太子の金髪フランシス、ワンコ系かわいい男子な茶髪カイ、とにかく爽やかでリーダー気質で脳筋な赤髪アントン、そして銀髪。

桜吹雪の中、攻略対象全員が真新しい制服に身を包んで微笑み合いながら歩いている。わー壮観（棒読み）。

これは興奮したかもしれないな。

もし、わたしが、悪役令嬢のセラフィーナでなかったら。

なぜなら、わたしは主人公ではない。今日からうまい感じに学園生活をすり抜けて、三年後に自由な人生を手にする必要があるのだ。

イケメンたちとの恋愛が約束されている主人公ちゃんに比べたら、真剣さが違う。

わたしもある意味『寝放題の人生を手にできるかどうか』のシナリオがスタートしたようなものなのだ。

きゅうりの準備は終わっている。後は誰のこともいじめず、目立たず、三年間無事に過ごすだけ。

……銀髪？

少し遅れて、わたしはあることに気がついた。もう一度、攻略対象たちを離れた場所から順番に見てみる。

宰相の息子で知的キャラでヤンデレな黒髪ルーカス、セラフィーナの婚約者で絵に描いたような遊び人の王太子の金髪フランシス、ワンコ系かわいい男子な茶髪カイ、とにかく爽やかでリーダー気質で脳筋な赤髪アントン、そして銀髪。

……銀髪？

やっぱり同じところで引っかかってしまった。

「ヒカアイって、銀髪いたっけ」

あの集団の中に、セラフィーナの婚約者のフランシスなんて霞んでしまうほどに眉目秀麗な銀髪がいるのだ。

少なくともわたしは知らない。

わたしはあの銀髪を攻略してない。

特別にこのゲームに思い入れがあったわけではないけれど、攻略したかしてないかぐらいはわかる。

うん、あれは知りません。

しかも、攻略対象の中でも群を抜いてイケメンすぎる。

すらりとした立ち姿に、高い身長。細かい顔立ちまではよくわからないけれど、この引きの画の時点でものすごいイケメンだとわかる。

「あれは誰……？」

どこかで見たことがあるような。

見覚えがある気がするってことは、ゲームの中で出会ったってことだよね。それなのに、なぜかどうしても思い出せなくてわたしは頭を振った。

でもとにかく、謎のイケメンがいるとしてもわたしがするのはひとつだけ。

「人をいじめず、きゅうりを栽培し、後は長いものに巻かれて生き、特に抵抗することもなく、余生を待つ！　うん、これで行こう」

ひとり、校門の前で固い決意を胸にぎゅっと拳を握る。

ルーナ学園への入学は、ゴロゴロ寝て過ごす堕落した人生への第一歩。

わたしは、前世で成し得なかった思う存分寝て暮らせる毎日を手にするのだから。

「セラフィーナ・アルドリッジ様。入学式に遅れてしまいますわ。一緒にまいりましょう」

「……？」

意気込んでいたところに声をかけられて、わたしは振り返った。

悪役令嬢に声をかけてくるなんて命知らずは誰だろう。

セラフィーナの社交界での評判は最悪のはずだ。前世の記憶を取り戻してから軌道修正に励んでみたけれど、もう遅かった。

みんながみんな、カイみたいにコロッとわたしと仲良くしてくれるはずがないのだ。

もちろんそのカイだって、わたしがカイの母親からのゆすりを知っていたに違いないっていう思い込みがなかったらいまだにわたしのことを大嫌いだったと思う。

ゲームの記憶では、悪役令嬢のセラフィーナにお友達は一応いたけど、アルドリッジ侯爵家という後ろ盾と王太子フランシスの婚約者という肩書きを見て仕方なく取り巻きになってくれていた子たちばかりのはず。

主人公ちゃんはキラキラな学園生活。わたしは寝放題の人生のための学園生活。それぞれ頑張りたいと思う。

そんなことを考えていたら、声をかけてくれた令嬢への返答が遅れてしまった。彼女は困ったように首を傾げている。

「セラフィーナ様？　もしかしてわたしのことをお忘れでしょうか……」

「いっ……いえそんな！　オリアーヌ様、お久しぶりですわね」

「はい。先日のお茶会以来ですわね。セラフィーナ様にいただいたきゅうりの苗を庭に植えましたの。すくすくと育って檸檬《れもん》色のかわいらしい花が咲きましたわ」

彼女の名前はオリアーヌ。

サラサラの茶髪の顔周りで編み込み、優しげなアメジストの瞳をわたしに向けてくる伯爵令嬢だ。

彼女は父親同士の付き合い上、どうしてもセラフィーナから離れられないらしい。

まぁ、『ヒカアイ』の主人公ちゃんが登場したら、あっさりそっちに夢中になるんだけどね。

それまではわたしのお友達でいてくれるはずのキャラだ。

わたしが前世の記憶を取り戻した後も、お茶会で何度か会った。

過去、彼女には熱いポットを投げた覚えがないので、きっとセラフィーナ的にもお気に入りの友人のひとりなんだろうな。

ということで、わたしはこの前のお茶会の帰りに彼女に友情のしるしとしてきゅうりの苗を譲ったのだ。

びっくりされるかなと思ったのだけれど、オリアーヌは意外なことにすんなりもらってくれた。あまつさえ笑顔も見せてくれた。なんて優しいのだろう。

きっと、粗相がないようにって父親にきつーく言い聞かせられてるんだろうな……。

「きゅうりは花で終わりませんのよ。最終的には食べられますから。素晴らしい植物ですわ」

「まぁ。大切に育てますわ。そしてセラフィーナ様、学園でもよろしくお願いいたします」

「ええ。仲良くしましょう」

主人公ちゃんに夢中になってわたしの隣を離れていくまではね！

考えただけで寂しくなって涙がこぼれそうになり、思わず天を見上げようとしたわたしは、あることに気がついた。

あれ。

重要な人がひとり、足りなくない？

きょろきょろと周囲を見回してみる。

けれどやっぱりいなくて、わたしは目を瞬いた。

「セラフィーナ様？　どうかされたのですか」

「いいえ……でも」

さっきまでわかりやすく強めに吹いていた風（きっと花びらを撒き散らすためだと思う）が止みかけ、オープニングムービー（概念）が終わりかけているというのに、ここには主役がいないのだ。

『光の乙女は愛される』の主人公、ヒドインちゃんだと評判の平民出身の少女が。

「あの、オリアーヌ様。今日、ここでとってもかわいいご令嬢を見ませんでしたか？　背中までのピンクブロンドが目立つ、まるで天使のような外見の方です」

オリアーヌに聞いてみたけれど、彼女も主人公を見ていないようだった。

「いいえ。早くから来てこの校門前でセラフィーナ様をお待ちしておりましたが、そのような方はひとりも見ませんでしたわ」

「あ、そう……」

そんなずっと待ってたんだ。違う方向でダメージを負ってしまった。悪役令嬢のお友達なんてさせて、本当にごめんね。

貴族社会の上下関係って本当にすごすぎる。オリアーヌのお父様、娘が主人公ちゃんに寝返っても怒らないでね。

頭の中を戻したい。

きっと、主人公ちゃんはわたしの目に留まらないところでオープニングを終えたのかもしれない。

そう思ったわたしは、オリアーヌに導かれるままに、ルーナ学園へと足を踏み入れたのだった。

いつの間にか入学してから一週間が経ってしまった。

そして、やっぱりいないのだ。

ありえないことに主人公ちゃんがどこにもいない。

学園の裏庭、ここは宮殿なのかなと思うほどに豪華な装飾の陰に身を隠しながら、わたしはぶつぶつと呟いていた。

「待って？　もしかしてここはヒカアイの世界じゃなかったのでは？　てことは前世の記憶すらも夢？　わたしが悪役令嬢っていうのも何かの間違いなのでは……⁉」

「セラフィーナ様、またいつもの妄想でいらっしゃいますか」

オリアーヌがわたしに付き合って柱の陰に隠れながらニコニコ微笑んでいる。全力でお知らせしますが、オリアーヌってすごくいい子で。

ルーナ学園の皆はわたしの評判を知っているから誰も近づいてこない。

それなのに、オリアーヌはいつも一緒にいてくれて、わたしがたまに『ヒカアイ』のことをうっかり口にしてしまっても、深く突っ込んで聞いたりせず『妄想』の一言で片付けてくれるのだ。

天使かな。オリアーヌのお父様、本当に教育が行き届いてると思う。

カイはわたしの言葉を気軽に妄想扱いするオリアーヌのことを「姉上になんて失礼な女なんだ」と憤っていたけれど、わたしはちっとも気にしていなかった。

それよりカイは思う存分学園生活を楽しんでほしいと思う。

「ええ、妄想なの。いつも気にしないでくれてありがとう」

「いいえ、これぐらいのことにお礼など要りませんわ。……ですが、アレを気にしないでいられるセラフィーナ様の心の中は一体どうなっていらっしゃるのでしょうか？」

オリアーヌが指差す先には、裏庭を挟んだ先の教室で密会を楽しむカップルがいる。

そのうちのひとりは、わたしの婚約者——王太子のフランシス、だった。

ふたりはカーテンの中にくるまって、さっきからキスを繰り返している。

相手のご令嬢は、チラチラと見える制服のリボンの色から察するに二歳年上の三年生のようだった。

カーテンの中、いちゃつくふたり。教室の中からは隠れられているのかもしれないが、窓の外からは普通に丸見えです。

放課後、寮に戻るためにこの中庭を通ったわたしだったけれど、まさかこんなところに出くわすとは。もっとうまくやってほしい。

「オリアーヌ、こんなところに遭遇させてしまってごめんなさい。反応に困るよね」

「いいえ、むしろセラフィーナ様が全く動じていないことの方に動揺していますわ」

「婚約者といっても、わたしたちは家同士が決めたものにすぎないもの。気に入った令嬢には見境なく声をかけるという噂《うわさ》はよく聞いていたし、あーなるほどこんな感じなんだ、ってぐらいで……」

わたしの目的は学園卒業後は寝て暮らすことだしね。

でも、王太子フランシスは遊び人キャラだったけど、ゲームの設定を超えてるのでは？　こんなのあり？　とは思う。主人公ちゃんがいないせいかな……。

オリアーヌも戸惑っている様子だった。

「といいますか……フランシス殿下はあれで何股目ですの？　あまりにも節操がないのでは⁉」

「オリアーヌ、何股目って……貴族のお嬢様が使っちゃいけない言葉出てるわよ」

「あっ……これはお聞き苦しい発言、失礼いたしました。ですがフランシス殿下はあまりにもセラフィーナ様に不誠実すぎて」

「誠実になられても困るんだけどね」

「えっ？」

「ううん、何でもないわ」

でも、オリアーヌが取り乱してしまうのはわかる。フランシスの浮気相手はあの子で五人目だった。

「しかも相手は主人公ちゃんじゃないし……主人公ちゃん、一体どこに行ってしまったのかなぁ」

カーテンの向こう、わたしの婚約者が二歳年上の先輩にもう一度口づけるのが見える。

記憶を取り戻して三年。

わたしは彼と一度も話していなかった。

悪役令嬢のセラフィーナがものすごく嫌いなのはわかっているのでそれは問題ない。

けれど、主人公ちゃんがいないことはものすごく問題だった。

なぜなら、この世界が本当に『ヒカアイ』の世界ならまもなく魔王が復活する。

『光の乙女』である主人公を中心として攻略対象が皆で魔王討伐に向かい、主人公は『光の聖女』になる――。

それがヒカアイのシナリオのはずなのだけれど、主人公がいなかったらこの世界はどうなってしまうんだろう。

王国騎士団が魔王を倒しにいく？　特別な力は何ひとつないのに、魔王を倒すことってできるのかな。考えてたら頭が痛くなってきた。

「ううっ……頭、痛い……」

「セラフィーナ様!?　どうなさったのですか！　セラフィーナ様！」

目の前がゆらゆらと揺れて、視界が暗くなる。そう思った次の瞬間にはオリアーヌの声が遠ざかっていく。

倒れる、と思ったところで、わたしの身体は誰かに支えられた。

オリアーヌ、意外と力持ち。がっしり受け止めてくれてありがとう。

でも、そんなに大事そうに触れなくてもいいよ。悪役令嬢だけど、もう熱い紅茶が入ったポットを投げつけて怒ったりしないから大丈夫。

◇

そこは間違いなく日本だった。

わたしの視界に映るのは『ヒカアイ』攻略サイトだ。

ほとんどの乙女ゲームにはこういう攻略サイトがあって、それぞれの攻略キャラクターのハッピーエンドとバッドエンドに辿り着くまでのチャートを見ることができる。

寄り道せずまっすぐに正解を知りたい人にとっては心強いサイトだ。

そういえば、わたしも仕事が忙しすぎてほとんど寝ていなかった頃はこのサイトを見てプレイしてたっけ……。

あの頃は三徹が当たり前の限界すぎて、もはや何が書いてあったのかよく覚えてない。

そんなことを考えていると、『魔王』の項目を見つけた。

主人公ちゃんがいない場合、魔王の復活がどうなるのか気になっていたわたしは迷わずにそこをタップしてみる。

すると、パッと画面が切り替わってポップなページが現れた。

魔王：『闇』属性。ルーナ歴333年に必ず復活し、この物語で倒さなければいけないラスボス。

※魔王と対峙《たいじ》する前にセーブをし、もし悪役令嬢セラフィーナに貸しているアイテムがあれば回収しましょう。大団円エンド以外の場合、セラフィーナは魔王との対峙後に消滅します。レアアイテムも一緒に消えてしまうので注意！

「消滅するって何」

思わず声が出た。と同時に、いろいろなことを思い出してくる。

そうだ。どうして忘れていたんだろう。

ハッピーエンドやバッドエンドの場合、エンディングにセラフィーナは出てこなかった。

悪役令嬢の行方なんて気にしたことなかったから気がつかなかった。

大団円エンドの場合だけはエンディング直前の夜会で王太子のフランシスから婚約破棄を言い渡される。

それから攻略対象全員に主人公ちゃんへの謝罪を要求され、アルドリッジ侯爵家からは勘当される。

だから、てっきりわたしはゲームのシナリオが終われば自由の身になれるのだと思い込んでいたのだ。

主人公ちゃんをいじめず、ゲームシナリオ終了後の暮らしを見据えて準備していれば、『寝放題の人生』が待っているって。

でもどうやらそうではないらしい。

わたしはやっぱり悪役令嬢で、しかも消滅する運命。

そんなのあり⁉

◇

ぱちり。目を開けたわたしの視界には真っ白い天井が映った。

決まった。決めた。わたしがすることはひとつしかない。

「ひとつだけ方法があるわ。大団円エンドを目指すのよ」

「やっと目を覚まされたと思ったのに、もう妄想ですか」

「オリアーヌ⁉」

がばりと起き上がったわたしは周囲を見回す。

白いベッド。白い壁。白いカーテン。薬品の匂い。ここは保健室のようだった。

「セラフィーナ様、お目覚めになって本当によかったです。心配しましたわ」

「あれ……わたし、もしかして倒れた？」

「はい。気丈に振る舞われていても、やはりフランシス殿下の浮気がショックだったのですね。気がつかず、視界を遮ることもせず……セラフィーナ様の友人として恥ずかしいですわ」

わたしはベッドに寝ていて、オリアーヌはずっと付き添ってくれていたみたいだった。そしてものすごく凹んでいる。

そういえば、わたしは婚約者が先輩女子といちゃいちゃしているところを見ながら倒れたのだった。

浮気男は全くタイプではないし全然ショックじゃないしむしろお好きにどうぞっていうのが本音なのに、タイミングが悪すぎて泣けてくる。

倒れたわたしが夢の中で見たのは『ヒカアイ』の攻略サイトだ。

そこで、わたしは自分が消滅する運命にあると知ってしまったのだ。わたしが生き残るためには道はひとつしかない。

誰とのハッピーエンドにも至らない、大団円エンドだ。

大団円エンドでなら、わたしはエンディング前の夜会で王太子フランシスから婚約破棄を言い渡され、アルドリッジ侯爵家に勘当されて無事自由の身になれるのだ。

セラフィーナの両親は甘いから、犯罪まがいのいじめをしていなければきちんと『寝放題の人生』の環境を整えてくれるはず。

だからわたしが目指すのは大団円エンド。

けれどここにまた大きな問題がひとつ。

入学して一週間も経つというのに、どう考えても主人公ちゃんがいないのだ。

大団円エンドは、『主人公と攻略対象の親密度』が一定レベル以上なことに加え、『攻略対象同士の親密度』がMAXになったときに辿り着くことになっている。

攻略対象同士がどうやって仲良くなるのかっていうと、それは。

「鍵になるのはヒドインちゃんムーブなんだよね……」

口にしただけで、うんざりしてため息が出る。

『ヒカアイ』の主人公はヒドインちゃんだ。

婚約者がいる相手にもめげずに攻め込むし、面倒くさがられてもありえない鋼メンタルで追い回すし、ときには立ち振る舞いを咎めた女子生徒を敵扱いして、自分が有利になるようにシナリオを進めていく。

そのドタバタした行動は、どうしても周囲の反感を買うのだ。

けれど、その裏で実は攻略対象者たちは「健気でかわいい主人公に嫉妬して虐めるとはひどい、許せない」という同じ思いを抱き、だんだん仲良くなっていく。大団円エンドへの第一歩だ。

ネットでは『ヒドインちゃんムーブ』と叩かれた主人公の行動がなければ、攻略対象同士が仲良くなることは難しいかもしれない。どうしよう。

「セラフィーナ様、まだ体調がよくなさそうですわね。もう少しお休みになってはいかがでしょう」

「ええ、ありがとう。そうしようかしら」

考え込むわたしに、オリアーヌは心配そうに声をかけてくれた。ここまで運んでくれて、しかもずっと付き添ってくれて、なんて優しいんだろう。

主人公ちゃんが見つかったら、オリアーヌはきっとすぐにわたしから離れていっちゃうんだよね。

それを思うと、少しだけ問題を先送りしたい気持ちになってしまう。

そもそも、主人公ちゃんをどうやって探せばいいの？

ゲームの中でも『彗星《すいせい》の如く現れた光属性の魔法が使える光の乙女！』ってキャラだったんだよね。

主人公には名前はないし、引き取られた男爵家の名前も公開されてなかったし。まぁ、ゲームの中では重要な情報ではないから明かされてないのは当然なんだけど……。

そもそも主人公がいないから、ゲームとして成立していないという可能性も考えられる。そうであってほしいな。

ただ、夢の内容からは来年魔王が復活するというのは変わらない事実らしい。

生き残るため、わたしにできることがあるのならできる限りのことはするけれど、情報が少なすぎてどうしたらいいのかわからない。

それに、まだ頭がぼうっとしている。

「もう少し様子を見た方がいいのかもしれない」

「？　ええ、もう少しお休みになって様子を見るのがいいですわね」

オリアーヌはわたしにブランケットを優しくかけてくれたのだった。


数日後。

すっかり元気になったわたしは、『ルーナ学園』に入学して初めての実技の授業に参加していた。それは。

「まさか、きゅうりを育ててきたことがここで役に立つなんて……！」

学園の敷地内にある畑で、わたしはきゅうりの種を手に目を輝かせる。

初めての実技の授業は、精霊のエサとなる野菜を自分で育てることだった。主人公ちゃんがきちんといるシナリオでは、カイとの接近エピソードになるはずのものだ。

ざわざわしている生徒たちに向かい、先生が声を張りあげる。

「いいですかー！　精霊は野菜が大好物です。つまり、エサとなる野菜が無事に実をつけた日に精霊の召喚が可能になりますからね！　育てやすい野菜、育てにくい野菜、いろいろありますが、どんな精霊と契約したいかまで考えて植える野菜の種類を選ぶように！」

このイベントでカイと主人公ちゃんが仲良くなれないのは残念だけど、大団円エンドを目指すのなら問題ないはず。

それに、うちのカイはとってもいい子だ。

主人公ちゃんが遅れて入学してきたとしても、すぐに好感度を上げて本命になってしまうかもしれない。

そうなったら大団円エンドは叶わなくなってしまう。

カイのいい子度を考えれば、イベントはひとつぐらいスキップした方がいい気がする、うん。

カイが姉上と呼んでくれるようになってからの三年間で、わたしはすっかり姉馬鹿になっていた。

そしてきゅうりとの久しぶりの邂逅《かいこう》にわたしがわくわくする一方で、周囲の生徒たちの間には本気でドン引きする空気が漂っていた。

悪名高いセラフィーナ・アルドリッジが嬉々《きき》として畑仕事をするなんて誰も思っていなかったのだろう。

だよね。「土に触らせるなんて正気か、って怒ると思ってた」「セラフィーナ様の怒りの矛先になりたくないから、この授業を誰が担当するのか先生たちはあみだくじで決めたらしいのに」などという、悪役令嬢なわたしの性格をよく理解したヒソヒソ声が聞こえてくる。

それを否定も肯定もせず、わたしはわくわくしてスコップを手に取った。いろんな野菜の種があるけれど、わたしが育てるのはきゅうり。これは間違いない。

学園の食事は貴族向けのコース料理が多い。

もちろん全部おいしいけれど、たまにきゅうりを齧りたくなることもある。

だから精霊のエサとして多めに育てて、余ったら自分で食べられたらいいな……！

それに、精霊はゲームの世界ではマスコット的なキャラクターだった。

わたしはシナリオ終了後に寝放題の人生を送る。

もし精霊がいたら、そんな毎日で話し相手になってくれそうだ。

そういえば、ゲームで主人公が選ぶのは何の種だったんだろう。カイの好感度アップエピソードだから野菜の種は選べなかったんだよね。

そんなことを考えながら、完全に外野の声を無視したわたしは慣れた手つきでプランターに土を詰める。

これは、三年前にカイが教えてくれた通り。そしてアルドリッジ侯爵家でのわたしの日課のようなものだった。

「随分慣れてるんだな」

「ええ。もしよかったら教えましょうか？」

「ああ、頼む」

「……」

手元のプランターから得意になって顔を上げたところで、わたしは絶句した。

わたしに声をかけてきたのは、この前、入学の日にオープニングムービーに出演（？）していた銀髪だったからだ。

まずい。これはまずいです。

主人公ちゃんがまだこの学園に入学してきていない今、卒業後に寝て過ごす人生を送るために、わたしは得体の知れないイケメンとは関わらないことにしているのに。

ということで、わたしはふいと顔を土に戻した。

「……ヤッパリ　ホカノヒトニ　キイテ　モラエルカシラ」

「何で片言？」

彼とは初めて話したはずなのに、ぷはっと気さくに笑う気配がした。

思わず顔を上げてそちらを見ると、銀髪イケメンの目が細くなる。あまりに優しそうな笑い方に、全開だったはずの警戒感が弱まってしまった。

うーん。やっぱり、彼をわたしはどこかで見たことがある。

そう思うと手が止まる。

でもどこでだったのかな……。状況から考えると、きっと『ヒカアイ』の中で見たはずだと思うんだけど。

柔らかそうに見える銀色の髪。

その髪色と相まってとても神秘的に見える深い青色の瞳。

すっと通った鼻筋に薄い唇、頬に影をつくる長いまつ毛。

そのどれをとっても洗練されていて、彼が特別な人にしか思えない。

スタイルも抜群で、立ち姿は入学式の日に見た通り、『ヒカアイ』の攻略対象全員を足しても叶わないほどだ。

一度考え出したら目が離せなくて、つい凝視してしまう。そんなわたしの様子に、彼も気がついたようだった。

「もしかして俺の顔に何かついてる？」

「いっ……いいえ！　ごめんなさい。どこかで見たことがある気がしてつい」

うっかり前世での古いナンパの文句みたいになってしまったけれど、それを彼が知る由もない。

いつの間にかわたしのようにプランターを持ってきていた彼は、ざくざくとスコップで土をすくいながら聞いてくる。

「名乗ってもいいかな」

「……ええ……」

しぶしぶ許可を出したけれど、あまり関わりたくはなかった。

貴族の間では、立場が下の人間から名乗ることになっている。

その中でも、こんなふうに上だと思われる相手の許可を得てから名乗るのが正式なやり方だ。

とはいえ、ここは学校でそんな堅苦しいやりとりにこだわる人はいない。

現に、同学年の友人たちも『悪役令嬢、セラフィーナ・アルドリッジ』をとても怖がっているくせに、名乗るときは許可を得ずに自分からいきなり名乗る。

この銀髪の彼は、上下関係にそんなに厳しい社会で生きてきたのだろうか。もしくは、わたしを相当に尊重して、本当に大事に接したいと思っているかのどちらか。

……後者はないかな、うん。

「俺はコンラート・レブンワース。ここは学園だ。ファーストネームに敬称をつけて呼ぶことをお許しいただけますか」

「コンラート様。ええもちろんです、セラフィーナと」

貴族令嬢として慣れたいつもの流れに乗り形式的な笑みを浮かべれば、コンラートはわたしとは真逆の少年みたいな笑い方をした。

「よかった。緊張した」

どういうこと。

「何それ。わたし、やっぱりそんなに怖く見える……!?」

「いいえ。全然怖くないけど、こっちの話」

意外なことに、気さくに話しかけてくる彼の様子からは、わたしを怖がっている様子は全然感じられなかった。

悪役令嬢のセラフィーナを怖がっていないだけじゃない。

ほとんどの生徒は侯爵家というだけで畏まることが多いのに、彼――コンラートには全然そんな素振りがないのだ。

レブンワース家。アルドリッジ侯爵家と同等以上の家柄？　そんなのなかなかない気がするんだけどな……。

残念なことに、勉強嫌いなセラフィーナには家柄のことが全然思い浮かばない。

ちなみに、記憶を取り戻してからもあまり勉強はしていない。きゅうりに夢中だったから。

そして今もきゅうりに夢中だ。わたしはプランターに詰めた土に指で小さな窪《くぼ》みを作り、見慣れたきゅうりの種を植えた。そっと土をかけて水をあげる。

おいしいきゅうりができますように。そして、素敵な精霊がやってきてくれますように。

一方のコンラートは、小さなオレンジ色の種を窪みの中に入れている。あまり見たことがない種類の種に、わたしは目を瞬いた。

「それは何の種なの？」

「ベリーキャロット」

「わぁ。なんだかすごい精霊が召喚できそうね」

「ああ。大物を狙うんだ」

屈託のない笑顔に、思わず好感を持ってしまった。違う違う。わたしは悪役令嬢なんだから。

ベリーキャロットは前世の日本にはない、この世界独特の野菜だった。

人参みたいな見た目と食感なのに、味はイチゴ。

そういえば、この前カイに『姉上がベリーキャロットみたいな野菜を育てたいっていうタイプの女子じゃなくてよかったです』って言われた気がする。あれはどういう意味？　もしかしてあざといってこと？

待って、つまりカイはあざといを理解してるってこと？　待って、それだと主人公ちゃんのことは苦手なんじゃない……？　大団円エンド、大丈夫……!?

心配で考えていることが全部口から出そうになりかけたところで、コンラートが何か言った。

「……い調はもう大丈夫？」

「？　いちょう？　ぼうっとしてて聞いていなかったわ。もう一度お願いできるかしら」

「いいや、いい。元気そうで安心した」

「？？？　そう？？？」

わたし……元気じゃなかったことあったかな。

確かにこの前は前世のことを考えていたら頭が痛くなって倒れたけど。

先生を呼んで保健室に運んでくれたのはオリアーヌだったし、特に騒ぎになったとは聞いていないし。

そういえば、どの先生が運んでくれたのかオリアーヌにまだ聞いてなかった。お父様がお礼をしたいだろうし、聞いておかなきゃ。

そんなことを考えながら、わたしは種蒔きを終えた。

今年入学した一年生、初めての実技の授業が終わった学園の畑には、プランターがふたつ。わたしとコンラートのものだ。

他の生徒たちは皆、畑に種を直に蒔いていた。

わたしとコンラートがプランターに種を植えるのを物珍しげに見ていたけれど、真似をする人は他にいなかった。

先生だけがふむふむ、と心底意外そうな顔で誉めてくれた。

ちなみにオリアーヌはどうしても土がだめで、精霊召喚を辞退していた。

そういう貴族令嬢は他にも何人かいたし、きっとわたしも前世の記憶が戻らなかったら、辞退していたんだろうな。

でも大丈夫。わたしは優しいオリアーヌにもかわいがってもらえるような、かっこいい精霊を召喚してみせるんだから……！

数週間後。

学園の畑には、青々としたきゅうりのカーテンができていた。

得意げにきゅうりを収穫するわたしを見ながら、先生方や皆が呆然としている。

「ルーナ学園に勤めて三十年、こんなに見事なきゅうりは久しぶりに見ましたな……」

「見たことあるんですね。わたしは十年目ですけど初めてです」

先生たちの会話を聞きながらわたしは慣れた手つきでハサミを使い、きゅうりを収穫していく。ぱちんぱちんぱちんぱちんぱちんぱちん。

うん、みずみずしくてツヤツヤ！

精霊を召喚するのに使うのにぴったりの出来だ。

「しかも、あれを育てたのがセラフィーナ・アルドリッジ嬢というのだからびっくりです。野菜の栽培とは無縁にしか思えませんが」

「先生！　アルドリッジ侯爵家への配慮で特別な肥料を使ったりしていませんか？」

「しっ！　セラフィーナ嬢に聞こえたら大変だぞ。もっと小さな声で聞け」

皆ものすごくざわわしているけれど、これは異世界転生のチートとかではなく本当の本当に実力なのだ。

わたしは魔法がほとんど使えないから、こうして生きていくしかない。

きゅうりの収穫を見守ってくれていたオリアーヌがヒソヒソ声がする方向を睨みつける。

「……セラフィーナ様、本当にすごいですわね。それで、あちらの失礼な方々はどうしましょうか？」

「放っておきましょう。食べたいって言ったら食べさせてあげてもいいけれど、このきゅうりはわたしとオリアーヌのよ。だから召喚した精霊もオリアーヌのお友達になるの」

「精霊のエサとなる野菜の栽培に成功しないと精霊を召喚することは許されませんが、セラフィーナ様はわたしにも精霊と触れ合う機会をくださると……⁉」

「ええ、もちろんよ。楽しみにしていらっしゃい」

「セラフィーナ様……！」

きゅうりを握りしめ、頬に土をつけてオリアーヌと抱き合うわたしを、皆が何か恐ろしいものを見るような目で見ている。

ゲームの設定とは少し違うけど、野菜の栽培に長けた悪役令嬢、いいと思う。

ちなみに、今日野菜を収穫できるのはふたりだけ。

皆、育て方を知らないせいで初回は失敗するのが例年の恒例らしいけれど、アルドリッジ侯爵家できゅうりを育てていたわたしには問題ない課題だった。

そして、もうひとりは。

「コンラート様、一度でベリーキャロットの栽培に成功するなんてさすがですわ！」

わたしから少し離れた場所でコンラートが賞賛を浴びていた。見ていると、わたしよりも一足早く精霊召喚の儀を始めるらしい。

先生が専用の粉で地面に魔法陣を描き、コンラートがその真ん中にベリーキャロットを置く。

「コンラート・レブンワースの名に於いて精霊を召喚する」

コンラートがそう唱えると、魔法陣がキラキラと光り始めた。

わぁ。精霊召喚ってこんなふうにして進めるんだ。

キラキラ光った魔法の粉は渦を巻いて宙に巻き上がり、一気に膨れ上がった。

その中からごうごうと大きな風の音が聞こえ始め、砂嵐のようなものが見えたと思ったら一際眩しく光る。

思わず目を閉じて開けると――そこには。

「ユニコーンだわ……！」

白い体に淡いピンク色のたてがみ。額のところには虹色の角が一本生えている。

おとぎ話の世界でしか知らない、ユニコーン。もしかしてコンラートはすごい精霊を召喚したのでは……!?

そして、召喚されたばかりだというのに、コンラートに顔をすりつけて甘えている。

「か……かっわいい……！」

精霊の召喚自体にはそこまで期待していなかったけれど、わたしもあんなかわいい相棒がほしい……！

わたし以外の生徒たちも、彼がユニコーンの召喚に成功したことに驚いていて、「すごいな」「召喚できる精霊は家名や魔力に準ずることが多いんだよな。レブンワース家って知ってるか？」「留学生だって聞いたけど」という声が聞こえてくる。

え、留学生？　コンラートって留学生なんだ。

少し離れた場所でユニコーンと契約の儀式をしていたコンラートは、興味津々で召喚の様子を見ていたわたしに気がついたみたい。声をかけてくる。

「セラフィーナ嬢のおかげだよ。ありがとう」

「!?　え、わ、わたし？」

「そうだ。ベリーキャロットの育て方を教えてくれなかったら、ユニコーンは来てくれなかったと思う。本当に感謝してる」

いえいえそんなはずないと思います。というか、わたしはただ手本を見せただけだし。きゅうりよりもベリーキャロットの方が野菜としては大きく格上ですよ。

そう思ったわたしは、何も答えずにニコリと笑った。

なぜなら、気がついたのだ。

先に留学生のコンラートがユニコーンを召喚したために、わたしにものすごくプレッシャーがかかる事態になってしまったということに。

さっき、誰かが「召喚できる精霊は家名に準ずることが多い」と言っていた。

つまり、アルドリッジ侯爵家の令嬢であるわたしもそれなりの精霊を召喚し契約できてしまうはずなのだ。

でもそんなのゲームの世界ではなかった。

確かに主人公ちゃんの身の回りを彩るものは、魔法も精霊も成績もすべて特別だったけれど、悪役令嬢セラフィーナについては触れられていないのだ。

けれど水属性持ちのはずのわたしが、魔法を使って手汗しか出せないことを考えるとわかる。

わたしが召喚できるのは、絶対にまともな精霊じゃない……！

ていうか、精霊来てくれるのかな。だって手汗だってわたししか気がつかないレベルなんだよ？　無理では？

そんなことをぐるぐる考えているうちに、先生がわたしの前に魔法陣を描いてしまった。

家名から大型の精霊を召喚すると予想しているらしく、さっきのコンラートのために描かれた魔法陣よりだいぶ大きい。

やめて。傷が深くなるからその気遣いやめて……！

「アルドリッジ侯爵家なら邪竜とか呼んでもおかしくないよな」

「馬鹿、お前聞こえるぞ。入学してからなぜかおとなしくしているけど、あの評判知ってるだろ。殺されたくなかったら黙ってろ」

そんな声も聞こえてきて、ますます惨めになった。

こうなったらもうヤケクソだ。

わたしは手元のきゅうりの中から一番おいしそうなものを一本選び、魔法陣の中央に置いた。

そうして唱える。

「セラフィーナ・アルドリッジの名に於いて精霊を召喚する」

その瞬間、魔法陣の文字盤がぶわっと浮かび上がった。宙でくるくる渦巻くと、光を発しながら膨れ上がる。

さっきのコンラートのときはこの後、大きな風の音が聞こえ始め、渦の中に砂嵐のようなものが見えた。

そうしてユニコーンが現れたのだ。

けれど。わたしの場合はそうではなかった。

急に、ゴロゴロゴロ、と雷のような音が空に響いた気がした。

「何？」

反射的に天を見上げると、一気に上空が暗くなっていく。

どんどん暗雲が頭上を埋め尽くしていき、まるでいまから大雨が降り出しそうだ。

そして雷の音は気のせいじゃなかった。

空に稲妻が見えて嫌な予感しかしない。

精霊を召喚したはずなのに、精霊は呼べなくて代わりに大雨が降ってくるって何。どういうこと！

このゲームの制作スタッフ！　悪役令嬢への仕打ちがひどすぎませんか……！

心の中で持てるすべての言葉を使ってゲームの制作スタッフを呪い、悪役令嬢という立場に嘆いていると。

——見上げた真っ黒な空の中で何かがキラリと光った。

あ、雨粒かな。

その雨粒はわたしの元に一直線に降ってくる。

思わず反射的に両手を出すと、そこに何かが着地した。

「えっ」

「きゅっ、きゅっ、きゅい？」

緑色をした丸っこい体に、つるつるとした触り心地。まんまるの目に、尖《とが》ったくちばし、頭の上にはお皿。

——見事な、手のひらサイズの河童だった。

待って？　河童？　カッパ？

あっ……もしかしてきゅうりのせい!?

困惑しかないわたしの周りでわっと声が沸き起こる。

「見たことがない外見の生き物だ。きっと特別な精霊だろう」

「いくら評判が最悪でも、アルドリッジ侯爵家のご令嬢だもんな」

「だからお前、聞こえるって」

パチパチと盛大な拍手に包まれながら、あらためて自分の手の中にいる生き物を確認する。

うん、河童だ。じっくり見なくても、これは河童だった。

そして恐ろしいことをひとつ思い出してしまった。

「これ、ヒカアイのマスコットキャラクターでは……？」

『ヒカアイ』には主人公のサポートをしてくれるマスコットキャラクターが存在する。

主人公並みに難しい魔法が使えて、かわいい見た目の割にとんでもなく強い、河童をもとにしたゆるすぎるキャラ『きゅーちゃん』だ。

つまり、この河童は主人公ちゃんが召喚するはずだった特別な精霊なのだ。

主人公ちゃんが不在だから、きゅうりを持ってきたわたしのところに引き寄せられたってこと？　そんなのあり？

ていうか主人公ちゃん不在のこのシナリオは一体どこに向かっているの……！

「きゅーっ、きゅっ」

けれど、わたしの手の中の河童は一生懸命何かを訴えかけてくる。

そっか、きゅうりが食べたいんだね。たぶんお互い望んだ召喚ではない気がするけれど、気が合いそう。

収穫してあったきゅうりを渡すと「きゅーっ！」と一際大きく鳴いた。そしてきゅうりをぼりぼり齧り始める。かわいい。

手のひらの上の河童な精霊に思わず頬擦りをすると、意外なことにきゅうりじゃなくてフローラルな香りがした。

見た目に反しておしゃれ！　わたしの中でこの河童な精霊の好感度が瞬く間にどんどん上がっていく。

でもこの子は本当は主人公ちゃんが契約するはずの精霊で……。

どうしようかと迷っていると、先生が聞いてきた。

「セラフィーナさん、この精霊と契約をしますか」

「……あの。契約をしなかったらこの子はどうなるのでしょうか」

「精霊は一度この世界に喚ばれてしまったら、喚んだ人間が育てた野菜しか食べられません。もし契約をしないのなら、この子は生きていけないでしょう」

そんな。

主人公ちゃんが見つかったときのために、契約をせずにこの精霊を自由にしておいてあげようと思ったけど、どうやらそうはいかないみたい。

「きゅーっ？」

きゅうりを一本食べ終えた河童な精霊はわたしの手のひらの上でくつろいでいる。首を傾げてこちらの様子を窺っていたと思ったら、次の瞬間うとうととまどろみ始めた。

え、この子、わたしの分身では？

「セラフィーナさん、どうしますか？」

「………………」

きゅうりを食べて即お昼寝する姿を見せられてしまったら……。

それはもう。

「契約します」

それしかないと思う。

ということで、わたしは河童な精霊に『きゅーちゃん』という設定通りの名前をつけ、授業を終えたのだった。

ちなみに、同じように精霊と契約したコンラートにも誉められた。ユニコーンと河童では見た目の格の違いがすごすぎる。

でも、ゲームの中だとうちのきゅーちゃんもすごいのだ。だって主人公ちゃんのために存在する精霊なんだもの。

もし主人公ちゃんが見つかったら、きっときゅーちゃんはそっちに行ってしまうのだと思う。

仕方がないことだけど、別れの日までは仲良くしよう。おいしいきゅうりを食べてもらって、その日まではいい雇用主でいよう。
……契約したばっかりなのに、なんだか寂しくなってきた。

■閑話・コンラート・レブンワース１

コンラート・レブンワースは隣国からの留学生である。

もともと、留学する気などなかった。

自国の高等教育は相当なレベルのものだし、愛国心から、特別な理由がない限りは国を出ることもあまりなかった。

その矜持《きょうじ》が変わることになったのは、十三歳のある日のことだった。


その日、コンラートは父親の使いでルーナ王国にやってきていた。

コンラートの家は高貴な人々の中でも格段に特別な家だ。あらゆることに恵まれている分、求められるものも多い。

たとえば、国には騎士団がある。

魔物が出没したときなどは彼らが討伐することになっているが、コンラートもいざというときにはそこで役に立てる能力を有していなければいけなかった。

だから、幼い頃から剣も魔法も散々訓練してきた。

後は国王が指定する試験をクリアすれば、家格に相応しい力を持つ一人前の存在として認められることになる。

コンラートはその日を待つばかりだった。

けれど、その日は隣国で不意に訪れてしまったのだ。


父に託された特別な使いを終え、そろそろルーナ王国の王宮を後にしようと準備をしていたそのとき。

俄《にわ》かに王宮内が騒がしくなり、騎士団が準備を始めたようだった。

「国王陛下に報告いたします！　王都の端に魔物が出没して暴走し、土砂崩れが起きたようです。現場は国立公園で、立地から魔法による防御結界が施されている場所です。ですが、土砂崩れが市街地に雪崩れ込むのだけは防げません。至急討伐を」

「あいわかった。第一騎士団をすぐに派遣しろ」

「かしこまりました！」

会話を聞いていたコンラートの側近がぴくりと眉を動かした。

そうして、ルーナ王国の国王に進言する。

「——国王陛下。我が国の第二王子にその魔物を討伐するチャンスを与えていただけないでしょうか」

（……！）

「何だと?」

「ルーナ王国と同じように、我が国でも王族・貴族の子息は個別に戦闘訓練を受けています。このコンラート第二王子殿下も近年稀《まれ》に見る抜きん出た能力を持っていますが、あいにく我が国ではなかなか魔物が出没する機会に恵まれず。……ですが今回はちょうどいい機会と存じます。どうか、コンラート・レブンワースに魔物の討伐命令を」

コンラートは思わず息を呑んだ。

いつかこんな日が来ることはわかっていて、覚悟を決めていたはずだった。しかし、隣国でしかもこんな突然に命令が下るとは。

加えて、土砂崩れを引き起こすほどの暴走となると、出没しているのはスライムやゴブリン程度ではないのだろう。

ランクが上の魔物がいる可能性が大きい。

いざとなれば助けが来るとはいえ、ひとりでその場に立つことを思うと足が震える気がした。

困惑しているコンラートに、ルーナ王国の国王は厳しい視線を送ってきた。

自国の民が瀕している危機に向かわせるだけの能力があるのか、コンラートを値踏みするような冷たい目だ。

わずかな間の後、短く言い放つ。

「いいだろう。第一騎士団は周辺で待機」

(――――!)


試験のときはマスクで顔を隠すのが決まりだ。

慣例通りマスクをつけたコンラートは、魔力を増幅させるためのピアスを触り、腰に下げた剣の柄をきつく握りしめる。

そうでもしていないと、足の震えがいよいよ抑えられない気がした。


急いで到着した国立公園には、確かに魔法で守られた道があるようだった。

いざというときにはそこへ逃げればいいのだが、見たところ最上級ランクの魔物が出た場合にはその結界は維持できるのか不安に思えた。

(魔力で守られたトンネルの中に避難している人がいるかもしれない。あの中に逃げるのはよくないな)


そもそも、逃げた時点でコンラートは王族失格の烙印《らくいん》を押されてしまうだろう。

やるしかない。

いくら突然の命令に戸惑っているとはいえ、実際の有事はいつだって不意なものなのだろうから。


小さな山の上に位置する国立公園は、静かで不気味な雰囲気が漂っている。

普段はきっと美しい場所なのだろうが、今日はそこらじゅうに魔物の気配が残っている上に誰もいない。

いや、ひとりいた。

ふわふわのブロンドヘアを風になびかせ、不安そうに佇《たたず》んでいる少女がいることに気がついて、コンラートは慌てて駆け寄った。

（一般人は全員避難済みなんじゃなかったのか。どうしてこんなところに）

近づいてみると、自分と同じぐらいの年齢の少女だった。

デザインは控えめなものの、上質と一目でわかる生地を使ったドレスを身につけ、華奢な体を震えさせている。

「きみは、どうしてこんなところにいる？」

声をかけると、彼女はぽかんと口を開けた。

その仕草がまるで自分を見て安堵《あんど》したように見えて、不安に押しつぶされそうだったコンラートの心は落ち着きを取り戻していく。

（そうだ。俺は何をしていたんだ。俺が戦うのは誰かを不幸にしないためじゃないか）

そう思えば思うほど、体の隅々に魔力が満ちていく。冷たかった指先に感覚が戻り、いつも通り動けそうな気持ちになっていく。

この少女をこれ以上不安な気持ちにさせてはいけない。

「大丈夫？　この下に魔法を使った安全な避難ルートがあるみたいだ。そこから山を下ると王都の街に出る。俺は一緒に行けないけど、すぐに避難を」

自分にできる限りの落ち着き払った声色で伝えると、彼女はとても不思議そうな顔をした。

「あなたは行かないの？」

「……うん。俺は行かない。魔物を何とかしないと」

自分で口にしながら、やっと覚悟が決まったのを感じていた。


結局彼女の避難は間に合わず、コンラートは彼女を守りながら戦うことになってしまった。

彼女の名前は『セラフィーナ・アルドリッジ』。ついさっき王宮でも聞いた名前で、ルーナ王国の王太子の婚約者のようだった。

となると、彼女を絶対に無事に帰さないといけない。

セラフィーナは足手まといになることを恐れているようだったが、コンラートは守る人間がいることで、逆に冷静になれた。

自分を頼りにして背中にしがみついてくるセラフィーナのことを絶対に守ろうと思い、戦う。

途中、最上位ランクといわれる魔物『ケルベロス』が出現し肝を冷やしたものの、意外なことにセラフィーナは逃げることなく果敢に立ち向かい隙を作ってくれた。

そのおかげでコンラートはケルベロスに致命傷を与えることができたのだった。

（ここまで格上の魔物が出てくるのは予想していなかった。俺ひとりだったら今日の試験は不合格だったに違いない。ケルベロスを倒せず、大怪我をしたうえにルーナ王国の国王陛下からの信頼も失っていただろう）

魔物を討伐し終えたコンラートは、セラフィーナの前に立つと恭《うやうや》しく挨拶をした。

「今日は情けない姿をお見せしてしまいましたので、名乗るのはまたの機会にしましょう」

「またの機会？？？」

彼女はとても不思議そうにしているが、コンラートは心に決めた。

（三年後、父上を説得してこの国の学園に通いたい。そのときは今日俺を助け力をくれた彼女に、恥ずかしくない自分を見せたい。そして今度こそ名乗るんだ）

魔物を倒すため国立公園に到着したとき、彼女は確かに不安そうにしていた。だから守らなければいけないと思った。

それなのに、彼女の逃げない心に助けられたのはコンラートの方だったのだ。

自分よりもずっと強くて眩しいセラフィーナは、ルーナ王国の王太子の婚約者に相応しい令嬢なのだろう。

そう思えば、興味が掻《か》き立てられた。

国への帰り道、彼女が履いていたヒールとケルベロスの顔面にヒットさせた瞬間を何度も思い返した。

その度に、彼女が無事でよかったという安堵と、なんて無茶をする令嬢なんだという感嘆の感情の両方が胸を埋める。

（別に、彼女に特別な想いを抱いているわけじゃない。ただ未熟だった自分にケリをつけたいんだ。それに、留学は悪いことじゃない。王族の半数以上はルーナ王国に留学経験がある。国際感覚を身につけるために必要なことだ）

子どものような言い訳を心の中に重ねながら、コンラートは十六歳になり、ルーナ王国への留学を本格的に決めた。

入学式の日、コンラートの足取りはこの上なく軽かった。

王太子の婚約者であるセラフィーナには、学友という立場を考え、節度を守った接し方をすると決めている。

――けれど、一緒に学び、名乗る機会があるのなら。

その日のことを思うだけで、胸の高鳴りが抑えられない気がした。

■第四章・悪役令嬢ですがヒロインを演じます

ルーナ学園の入学式から、なんと一年も経ってしまった。

去年はぴかぴかの一年生だったわたしも、いつの間にかこなれた二年生。時が過ぎ去るのって早すぎるな！

そういえば、『ヒカアイ』でも一年生の間は魔法練習のチュートリアルとかばっかりだったような……。

いやそんなことはどうでもいい。

今のわたしには、これ以上ないほどに重要な問題が発生しているのだ。

すっかり通い慣れた『ルーナ学園』のカフェテリア。

『ユニコーンを使役するコンラート様効果』ですっかりカフェテリアの人気メニューと化したベリーキャロットのスムージーを飲みながら、入学したての一年生の群れを眺め、わたしは絶望していた。

「一年が経ったのに、主人公ちゃんが入学してこない……！」

この一年間、ヒカアイの主人公ちゃんがいない件についてわたしもいろいろ考えた。

実は主人公ちゃんは一学年年下で、ゲームではなぜか先輩たちの学園生活に紛れ込んでいたのではないかとか、わたしが気がついていないだけで主人公ちゃんはとっくに入学済み、悪役令嬢に見つからないように細心の注意を払って学園生活を楽しんでいるのではないかむしろそうであってほしいとか、ここがヒカアイの世界だというのはわたしの勘違いだったのでは、という夢のような説とか。

けれど、今日の入学式で主人公ちゃん一学年年下説は消去されてしまった。

ここはヒカアイの世界じゃなかった？　とも思ったけど、攻略対象も精霊も友人も何もかもいる。

そんな都合のよすぎる解釈は却下だ。

残るは主人公ちゃんが実は入学済み説だけれど、もしそうなら一年間もわたしに見つかっていない主人公ちゃんは忍者かスパイかその辺の何かだ。ヒドインちゃんになるのはやめて、別のゲームの世界に行くべきだと思う。

第一、そんなのは写真付きの学園名簿を手に入れれば一発でわかってしまうし、今はまだ決定的な現実を突きつけられたくなかった。

「問題を先送りにしてきたわたしが悪いのだけれど……これはさすがにまずい気がするわ！」

「セラフィーナ様、このスムージーはカフェテリアの人気メニューですわ。お口に合いませんか？　それともいつもの妄想でしょうか？」

わたしの隣で同じベリーキャロットのスムージーを飲みながらオリアーヌが微笑んだ。

オリアーヌは相変わらずわたしの友人でいてくれて、いつも通りわたしの独り言を妄想扱いしてくれている。好き。

「物事が予定通りに進んでいないの。オリアーヌはこんなときどうする……？」

「そうですわね。強引にでも進めるのがよろしいのではないでしょうか。アルドリッジ侯爵家のセラフィーナ様でしたら、できないことはありませんわ」

随分と物騒なことを言ってくれるな。

入学してから一年間、わたしは誰のこともいじめていないけれど、幼い頃からの傍若無人な振る舞いのツケが想像以上に重すぎた。

いまだにわたしは学園の生徒たちから遠巻きにされているし、何か企みがあって大人しくしているとすら思われている。

確かに、学園を卒業した後にきゅうりを育てながら寝放題の人生を送りたいとは思っているけれど、悪役令嬢の企みとしてはかわいすぎるものではないだろうか。

前に気絶したときに見た夢の内容から、今年魔王が復活することと、その魔王と戦うときに攻略対象同士の好感度が高まった状態――大団円エンドでないとわたしが消滅することは確定だ。

それなのに攻略対象者同士は全く仲良くなっていないし、絆《きずな》を深め合うどころか知り合いですらない組み合わせも多かった。

これは本格的にやばい。

わたしが消滅する日へのカウントダウンが始まっている気がする。

「きゅー?」

制服の中に隠れていたきゅーちゃんが出てきて、わたしを心配そうに見つめている。かわいい。

この子だって、わたしが消滅してしまったらきゅうりを手に入れられなくなって飢えてしまうのだ。

わたしたちはこの一年ですっかり仲良しだった。

きゅーちゃんにひもじい思いなんて絶対にさせない。

そう決意して、わたしはオリアーヌの提案『強引にでも進める』を採用することにした。

「死にたくない……! 主人公ちゃんが出てこないのなら、みんなの仲が深まるようにわたしがヒドインちゃん役をやるしかない……!」

拳を握れば、隣のオリアーヌがあらあらまあまあとおっとり微笑み、きゅーちゃんがぱちぱちと拍手をしてくれる。

ふたりとも絶対に意味をわかってないのに、無条件に味方でいてくれるところが大好きだ。

いつか別れの日が来るのなら、わたしはきっと号泣してしまうと思う。

その日、寮の部屋に戻ったわたしはノートを取り出し、『ヒカアイ』での主人公ちゃんの行動を思い返した。

「主人公ちゃん――ヒドインちゃんの行動を再現するために、どんなところがヒドインちゃんだと言われていたのか思い出してみよう」

そうしてペンを取りノートに書いていく。

・婚約者と歩いている攻略対象者に、親しげに話しかける。
・婚約者と歩いている攻略対象者にボディタッチをする。
・攻略対象者に冷たくあしらわれても絶対にくじけない。他人への『気遣い』という言葉を頭の中から消し去る。
・婚約者と歩いている攻略対象者をデートに誘う。断られてもOKがもらえるまでポジティブにしつこく話しかける。OKをもらっても「○○（攻略対象の名前）様にはセラフィーナ様（仮）がいらっしゃるのに……本当にわたしでいいんですか？」ってチラチラしながら言う。
・攻略対象者の婚約者に節度がないと咎められたら泣く。むしろそのまま攻略対象者に相談する。

「……うん、本当にちょっと自重しよう？」

わたしの忍耐力はいきなり限界を迎えた。

あらためて紙に書き出すとひどすぎる。公式のＳＮＳが数ヶ月に渡って炎上し続けただけはあると思う。

これをわたしがやるのかと思うと眩暈《めまい》がしてくる。

でもやるのだ。生き残るために。

「まずは、手っ取り早くイベントでのヒドインちゃんの行動を再現してみよう。わたしは主人公じゃないけれど、同じような出来事があればわたしへの好感度は上がらなくても攻略対象者同士の絆は深まっていくはず。目指せ、大団円エンド……！」

いきなり婚約者がいる相手にしつこく話しかけるのはさすがにＮＧだと思う。

第一、わたしにも王太子のフランシスという婚約者がいるし。

あの遊び人の婚約者には恋人が何人もいるみたいだけれど、だからといってわたしが他の婚約者がいる男性に声をかけていい理由にはならない。

あくまで、わたしがするのはイベントを再現して攻略対象者同士が仲良くなるように仕向けることまでなのだ。

「不安しかないけれど、やるしかないわ……！」

「きゅーっ！」

きゅーちゃんが応援してくれて、わたしの気持ちはだいぶ軽くなったのだった。

それから数週間後、わたしがヒドインちゃんとしての手腕を披露するのに相応しいイベントが行われることになった。

──『国立公園への遠足』である。

ヒカアイのシナリオでもしっかり描かれていた王道のエピソードで、主人公は中等部と高等部合同での遠足に行くことになるのだ。

行き先は王都の中でも山沿いのエリアにある『国立公園』。

そこに主人公は手作りのお弁当を持っていき、意中の相手に手渡すのだ。

もちろん、そのときも攻略対象者の婚約者は隣にいます。

婚約者の目の前で手作りのお弁当を渡すって、メンタルが鋼すぎるのでは？　わたしは想像しただけでお腹が痛くなるけどな。

けれど、そういう平凡な一般人のつまらない感覚は封印して、とにかくわたしはヒドインちゃんを演じなければいけない。

ということで学園の調理室を借りたわたしは、せっせときゅうりを切っていた。

手作りのお弁当、というとお弁当を手作りしないといけない。お弁当を手作りするのだ。手作りである。

前世では料理が苦手、今世では食べるのが専門だったわたしはその意味を何度も噛み砕いて理解し、絶望した。

どう考えても、わたしに主人公が狙っている相手に渡すようなかわいらしいお弁当を作れるはずがない、と。

ということで、わたしはあっさりアルドリッジ侯爵家の料理長を召喚した。

攻略対象者は皆、貴族令息だ。

お腹を壊されたりしたら変な方向に話が進んでしまう可能性があるし、普通に心配だ。だからお弁当作りはプロに任せた方がいいと思う。

ただ、さすがに何もしないで『手作り』と言い張るのは気が引ける。

そんな理由から、今は自分の罪悪感をなくすためにサンドイッチ用のきゅうりを切っているところだった。

「セ、セラフィーナお嬢様。きゅうりが切れましたらこちらに」

料理長はもうサンドイッチ用の薄切りパンにバターを塗り終えていて、後はわたしがスライスしたきゅうりをのせるだけだ。

「できたわ」

「……では、失礼して」

微妙な間があった。

切りながら薄々思っていたけど、きゅうり、ちょっと分厚かったかな。厚さが魔法学のノートと同じぐらいあるな。

けれど料理長はそれ以上の意思を伝えてくることなく、きゅうりをパンの上にきれいに並べ、もう一枚のパンで挟んだ。命が大事だもんね。

それをナイフで対角線上に切ると、シンプルなきゅうりのサンドイッチが出来上がった。

ランチボックスに詰めてしまえば、きゅうりの厚さなんて気にならない。これはもうわたしの勝利に間違いないだろう。とにかく無事にできてよかった！

前世ではひとり暮らしだったけど、それこそきゅうりのおつまみぐらいしか作ってこなかったのだ。あの腕前を貴族の皆に披露するのは申し訳なさすぎる。

そう思いながら完成したランチボックスを眺める。

今日のお弁当のメニューは、きゅうりのサンドイッチ、ベーコンとマッシュルームのキッシュ、鶏肉のコンフィ、パプリカのマリネ、フルーツ。

シェフに手伝ってもらったと言い張れば、悪役令嬢のセラフィーナでもぎりぎり自分で作ったと思ってもらえるメニューだ。

達成感に浸っているところで調理室の扉が開いた。

入ってきたのは、確かに見覚えはあるのにどこで見たのか思い出せない攻略対象、コンラートだった。

使用中の札を掲げておいたのに気がつかなかったのかな。

「あら？　どうしてこんなところに？」

「使用中に勝手に入って悪い。デア——精霊用のベリーキャロットをここの冷蔵庫に保管させてもらってるんだ。少しだけ邪魔してもいいか？」

「そういうことだったのですね。もちろんです、どうぞ」

わたしとコンラートは、一年前の精霊召喚の授業で出会って以来、顔を合わせれば挨拶をするぐらいの仲になっていた。

悪役令嬢として遠巻きに見られているわたしに気さくに話しかけてくるコンラートには疑問しかない。

しかも、彼が入学式のときのオープニングムービー（概念）に出演していたことを考えると、できるだけ関わりたくない。

けれど話しかけてくるのでどうにもならないのだ。

どうしてなんだろう。

わたしが野菜の種の植え方を教えたことにそこまで恩義を感じているのかな。義理堅いタイプの人、嫌いじゃないけど。

ちなみに、コンラートが召喚したユニコーンはデアという名前をつけられて、学園の人気者になっていた。わたしもユニコーンには憧れがあります。

わたしのきゅーちゃんはとても小さいのでいつも制服の中に隠れて寝ているけれど、コンラートのデアは呼ばれない限りは魔法で姿を消しているらしかった。

どうでもいいことだけれど、ルーナ学園の畑でわたしのきゅうりのカーテンは勢力を拡大しつつあった。

自分の常識や倫理観を賭けていうけれど、わざとじゃない。気がついたら広がってしまっただけだ。

学園には野菜を育てるのが面倒という理由で精霊を召喚しない生徒も多い。そうなると、どうしても畑のスペースが余ってしまう。もったいない。そこに自分の好きな野菜を植えたいと思うのは自然なことだと思う。

ということでわたしのきゅうり畑は豊富な収穫量を誇り、精霊だけでなく人間までいつでも食べ放題だった。

いつでも食べ放題ゆえに、精霊用の野菜を冷蔵庫に保管しておくという手が思いつかなかったわたしは、コンラートが大きな業務用冷蔵庫からベリーキャロットを取り出すのをじっと眺めていた。

この冷蔵庫には魔法がかかっていて、食材が腐らないようになっている優れものだ。

ベリーキャロットを三本手に取ったコンラートは話しかけてくる。

「セラフィーナ嬢は精霊と仲良くやってる？」

「はい、今もわたしの制服の中で寝ていますわ」

「制服の中で……？」

まだ会話を始めたばかりなのに、コンラートの表情が一気に怪訝そうになってしまった。

いけない。得体のしれない攻略対象とは関わりたくないのに、妙な印象を残してしまう可能性がある。

ていうか、彼が攻略対象の可能性があるということは、わたしは今日遠足に行ったらこの人の前でヒドインちゃんを演じないといけない……？

カイ以外の攻略対象はほとんど関わりがないから恥ずかしさを感じないけれど、コンラートの前であれをやるのはちょっとキツいかも……！

「いいえ、わたしの精霊はとても小さいのですわ。大きくなったり小さくなったりする魔法を使えるわけではありませんの。普段は胸ポケットの中で眠っていますのよ」

コンラートはきゅーちゃんが使いこなす魔法の種類に驚いたのだと思う。

詳しく説明すれば、「へえ、かわいいね」と相槌《あいづち》を打ってくれた。

そこへ、きゅーちゃんが目をこすりながら顔を出した。

自分の名前が呼ばれていることに気がついて起きたみたい。「きゅー！」と鳴いて、調理台の上にぴょんと降り立った。きゅうりを見つけたからだと思う。

「きゅーちゃん、ここで朝ごはんにしましょう？　この後は遠足だもんね」

そう告げて頭を撫でると、キューちゃんは余ったきゅうりをぼりぼり齧り始めた。かわいい。

「……もしかして、セラフィーナ嬢は自分でお弁当を作っていたのか？」

「まぁ……そのようなものですわね……」

きゅうりを切ることも料理にカウントしてくれるのなら、それでお願いします。強引に推し進めようと微笑んだわたしに、コンラートは笑った。

「じゃあ、そこのサンドイッチは余ってる？　もしかしてセラフィーナ嬢の朝食になる？」

「え」

調理台の上にはランチボックスに入りきらなかったきゅうりのサンドイッチが大量にあった。たぶん、パン十枚分ぐらい。

異常に多いのは、料理長がわたしがスライスしたきゅうりを全部使い切ろうとしてくれたからだ。

わたしのことが怖かったのではなく、初めて料理をしたわたしへの優しさだと信じたい。

「ええ、一応は余っているのだけれど……」

「それなら、食べてもいい？」

「え」

戸惑っているうちに、コンラートの手がサンドイッチに伸びた。

「あっ」

止める間もなく、それはコンラートの口の中に吸い込まれてしまった。

普段のさらりとした表情が嘘みたいに、もぐもぐしている。

「あ、おいしい」

「おいしい⁉」

「ああ。きゅうりの歯応えがあって食感が好み」

そう言うと、コンラートはもうひとつサンドイッチを手に取って頬張った。

ごりごり。しっかりきゅうりを噛み砕く音が聞こえて、もう少し薄くスライスできなかったものかと恥ずかしくなってしまう。

にもかかわらず、おいしいって言ってくれるなんて優しすぎる。

コンラートはとんでもないイケメンなのに、こうして立ったままサンドイッチを食べている姿はとても無防備だ。

少し気崩した制服や気だるげな立ち姿ですらかっこよく見え、なんかこう……乙女ゲームの中っぽくてむずむずする。

「随分たくさん作ったんだな」

「はい、今日はいろいろな方にお配りしようと思って」

たぶん受け取ってもらえないと思うんだけど。悪役令嬢だし、婚約者と一緒にいる攻略対象に渡すし、むしろ断られるために作ったというか。

そんな心のうちが表情に出ていたのかもしれない。

サンドイッチを飲み込み終えたコンラートは、冗談ぽく言った。

「お弁当、俺にはないの？」

「!?」

本当に、何ていい人なのだろう。

わたしが作った分厚いきゅうり入りのサンドイッチをおいしいと食べてくれて、それでいてお弁当まで受け取ってくれようとするなんて。

天使？　もしかして攻略対象じゃなくて彼はマスコットキャラクターだった？

予想外の言葉を貰いすぎて、すっかり答えることを忘れてしまった私に、コンラートは追い打ちをかける。

「セラフィーナ嬢にお弁当を作ってもらえる人が羨ましいな」

「!?」

ちょっと待ってほしい。この人ってそんなに飢えてたの？

もしくは無類の『分厚いきゅうりが挟まれたサンドイッチ好き』なのかな。いやそんなことある？

ぽかんとしたわたしを前に、コンラートは小さなキャンディを取り出した。

「こんなもので申し訳ないけど、サンドイッチのお礼」

虹色のキャンディが透明な包み紙に彩られている。

そこに書かれているのは異国の文字。

小さな星模様とキャンディのカラフルさが、彼の精霊であるユニコーンを思わせた。

「……ありがとうございます……」

受け取ると、コンラートは爽やかに笑い、背中を向けて調理室を出ていく。

その後ろ姿を眺めながら、わたしはぼーっとしたままキャンディを口につっこむ。

甘酸っぱいベリー味のキャンディだった。

わたしに、こんな……主人公ちゃんみたいな出来事があっていいのかな。コンラートって行動が完璧でかっこよすぎる気がする。

——悪役令嬢のはずなのに不覚にもドキッとしてしまったわたしは、彼が出て行った扉から目が離せなかったのだった。


わたしは国立公園にやってきていた。思えば、四年ぶりである。

湖畔に立ち、見覚えのある景色を眺めながらわたしはしみじみと呟く。

「この前来たときは本当に大変な目にあったわ……」

「姉上、ここでは怖い思いをされましたね。あのときにお側にいられなかったことを深く恥じています」

「カイ。そんなの気にすることじゃないのよ。だってわたしが勝手に魔法の結界に触って外に出たんだもの」

そう、思い出すのは四年前に訪問したカイの実家からの帰り道、魔物の暴走で発生した土砂崩れに遭遇したときのことだ。

あの日、馬車で進むことも戻ることもできなくなってしまったわたしたちは、国立公園に備えられた非常時用に魔法で守られた道に避難した。

そこでわたしは好奇心に負けてうっかり魔法でできた壁に触ってしまい、ひとりきりで国立公園の中に放り出されてしまったのだった。

魔物の暴走が原因で土砂崩れが起きたのだから、当然国立公園内には魔物がいた。

その後にブラックスライムやケルベロスに襲われたことは、強烈すぎて忘れられない。

「あのとき、姉上を助けてくれた方は結局誰だったのでしょうか」

「お父様が国王陛下宛に問い合わせを入れてくださったのだけれど、結局わからなかった……というかはぐらかされてしまったようだったのよね」

まあ、あの日出会った少年は試験も兼ねて魔物を倒しに来たみたいだったし、そういうのが伏せられるのは当然だとは思う。

きちんとお礼ができなかったことは申し訳ないけれど、向こうがそれを望んでいないのだったら仕方がない。

わたしを助けてくれたのに、彼の方はなぜかわたしに助けられたと思い込んでいるみたいだったしね。

しかし物騒な思い出話をしている場合ではない。今日は遠足なのだ。

わたしはこれからとんでもない振る舞いをするけれど、カイには楽しい思い出を作ってほしいと思う。

ということで、わたしはカイに姉らしく向き直った。

「わたしなんかと一緒にいないで、同級生の皆のところに行ったら？　カイは高等部に上がって新しいお友達できた？」

「僕には姉上がいれば十分です。中等部から高等部に上がって校舎が同じになり、姉上と会える機会が増えたことがうれしいです」

なんてかわいいことを言ってくれるのだろう。

でも、正直なところ悪役令嬢の義姉にワンコ属性を発揮している場合じゃないと思う。

「わたしのことは気にしなくていいから、カイもちゃんと楽しんで」

「僕の友人関係を心配してくれているのなら、姉上と違って友人はきちんといるから安心してください」

「あ、そー……」

笑顔で心に重傷を負わせられて、友人と呼べる存在がオリアーヌしかいないわたしはすんとした顔をする。だよね。そうじゃないかとは思ってた。

目を閉じて心の傷の修復をはかるわたしの手を、カイは両手でぎゅっと握った。

「姉上は僕だけの姉上でいてほしいんです」

かわいい。かわいいけど、ゲームの世界と違いすぎて怖い。

本当なら、今頃は悪役令嬢な義姉のことを非難する側なはずなのに。

わたしは主人公ちゃんをいじめないから、きっと非難されることはないけれど、少なくともこんなふうに仲良しではなかったのに。

カイへの複雑な感情を呑み込んだわたしは、気持ちを切り替えてひとつ目のランチボックスを取り出した。

「はいこれ、お弁当」

「まさか姉上が作ってくださったのですか？　うれしいです……持ち帰って宝物にします」

「いや食べて？　お昼に！　じゃないと腐るから！」

目を輝かせたカイは、わたしの突っ込みなんて聞いていない様子だ。

「姉上、料理が得意だったんですね。そのうえわざわざ僕のお弁当を作ってくれるなんて。

きゅうりのことしか頭にないとばかり」

「わたしはきゅうりを切っただけよ。後はアルドリッジ侯爵家のシェフを呼んで作らせたから安心して」

「……全部姉上の手作りの方がうれしかったです」

体は大事にした方がいいよ。

ワンコ系の微笑みが眩しすぎる。

カイに無事お弁当を渡し終え、一年生の群れの中に戻っていくのをきちんと見届けたわたしは、周囲を見回した。

湖畔のベンチでは、それぞれが楽しそうに遠足を満喫している。

覚えてる。ゲームでの主人公ちゃんは、ここで攻略対象者にお弁当を手渡すのだ。

ということで、わたしは今からここに突撃します……！

ゲームでの主人公ちゃんはお弁当のお礼にデートに誘われるのだけど、『わたし、そんなつもりじゃなかったのに』ってあわあわきゅるるんして女子皆の反感を買うことになる。

女子に冷たくされる主人公ちゃんを見た攻略対象たちが同情し、心がひとつになり始めるのが大団円エンドへの第一歩だ。

「でも、悪役令嬢のわたしがお弁当を渡したところで、攻略対象たちがわたしに同情することにならないのは知っているわ」

むしろ、逆にわたしに反感を覚えることになると思う。

わたしの狙いはまさにそこだった。

「主人公ちゃん不在で攻略対象同士の絆を深めるのなら、単純に反感を買わせるしかない。でも、起きているイベントは同じなんだもの。きっと大団円エンドに向けて少しでも前進するはずだわ！」

多少強引な気はするけれど、何もやらないよりはましだと思う。

寝放題の人生が送れないばかりか、消滅なんて絶対に嫌だもの！

決意したわたしは、湖のほとりのテーブルセットにかけ、人目も憚《はばか》らずどこぞの令嬢と手を握り合っている王太子フランシスに狙いを定めた。

王太子フランシスは、言わずと知れた悪役令嬢セラフィーナの婚約者だ。

学園に入学してから、彼が恋人と秘密の逢瀬を満喫するシーンには幾度となく出くわしている。

けれど、一度も声をかけたことはなかった。だって面倒だから。

ゲームの中でもフランシスとセラフィーナが一緒にいるところはほとんど見なかったし、問題ないはず。

ちなみに、フランシスはわたしが浮気に気がついているとは夢にも思っていないと思う。

「――フランシス王太子殿下」

「？　セ、セラフィーナ……！」

お弁当を手に声をかければ、わたしの婚約者フランシスはギョッとした顔をした。金髪に透き通った碧《あお》い瞳、（こんな場面でなければ）余裕を漂わせた優しげな笑顔。

絵に描いたような『王太子』の外見をした彼だけれど、あいにく見るからに知性が足りない。

フランシスのお向かいに座っているのはわたしと同じ二年生の令嬢だった。

とびきりかわいいけれど、振る舞いから推察するに、家柄はそんなによくない。

この遊び人の王太子は遊んで捨てても抗議されないお家の子を選んでいるのかと思うと腹立たしかった。

でも、今日の目的は婚約者の浮気と非道さを責め立てることではない。

わたしは愛されヒロイン愛されヒロイン愛されヒロイン……！　消滅することを考えたら、一時の恥ずかしさなんてどうってことない……！

ということで顔を引き攣らせたままのフランシスに向かい、わたしはとっておきの笑顔を繰り出した。

悪役令嬢顔だから厳しいという意見があるのは完全に同意する。

けれど、四年前に眉毛を下り眉に直したから結構いけるはずと信じたい。

「今日の遠足のためにお弁当を作りましたの！　ぜひ召し上がっていただけませんか？」

「はっ……!?　な、何を考えている!?」

久しぶりに悪役令嬢な婚約者に話しかけられて動揺しているフランシスは、今にも椅子からずり落ちそうだ。

けれど気にしない。

半径五十メートル以内にすべての攻略対象者が揃っていることは確認していたわたしは、皆によく聞こえるように言い放った。

「大丈夫ですわ。毒見は済んでおります」

うっかり毒見が済んでいるとか言ってしまったけれど、ゲームではヒドインちゃんはこんなことは言っていなかった。

それにセラフィーナもそういうタイプじゃないな。しまった、方向を修正しなければ。皆の反感を買うなら……。

気を取り直して、わたしは悲しげな表情を浮かべた。絶対に引き下がらない。ゲームをプレイしていたあの頃、どんなに『もうやめようよ！　えっまだ行くの？　他に選択肢ないって嘘でしょ？』って思ったことか。

ここからがヒドインちゃんの本領発揮なのだ。

「まぁ、フランシス殿下はアルドリッジ侯爵家が作ったものを食べられないとでもおっしゃるのでしょうか。それはわたしが至らない婚約者だから……？」

俯き加減になって、上目遣いで視線を送ってみる。

ここでの目的は周囲の反感を買うことなので、セラフィーナのキャラでもっとも引かれそうな発言をしてみた。

皆に恐れられる悪役令嬢なのに、ぶりっこを演じたらさすがにドン引かれるだろう。

すると、フランシスではなく浮気相手と思われる令嬢がおずおずと手を挙げた。

「あの……セラフィーナ様。アルドリッジ侯爵家が、ということは、こちらのお弁当は侯爵家のシェフの方が作られたものなのでしょうか？」

「ええ。今朝、学園に呼び出して作らせましたのよ」

「わ、わたしそれ食べてみたいですわ！」

「そうそうそうでしょう。そんなものフランシス殿下に渡したら迷惑、って……え？」

待ってどういうことだ。

完全に予想外すぎる反応に困惑するわたしを置き去りにし、浮気相手と思われる令嬢はキラキラと目を輝かせて続けた。

「わたし、おいしいものに目がなくて……というか、こんなに大きいお弁当……もしかして、フランシス殿下が浮気相手と食べることを想定して作られたのですか」

自分のことを浮気相手ってはっきり言った。

こんなに大きいお弁当が四つもできたのは、わたしがきゅうりを切りすぎた結果、シェフが気を遣って（怖がって）全部サンドイッチにしてくれたからだ。

「いえあの、」

説明していいものなのかほんの少し迷った隙に、浮気相手と思われる令嬢は答えを勝手に決めたようだった。

「わたしは六人目の女です。いつも別の浮気相手の方々に仄暗《ほのぐら》い感情を抱いております。それなのにセラフィーナ様は浮気相手と食べるお弁当を作ってしっかりとお毒見まで済ませていらっしゃるなんて……。優しさとお心の広さに感動いたしました」

こんなことある？　そしていつの間にか浮気相手が増えてる！　新メンバーの六人目！

目を泳がせると、フランシスと目が合ってしまった。彼はものすごく気まずそうな顔をしているけれど、わたしだって気まずい。

こんなところで気が合いたくないし、大体にして諸悪の根源はそっちだ。

けれど、この事態は問題すぎる。

周囲に反感を持たれなければ、ただ単に婚約者に『浮気相手と一緒に食べてね』と手作りのお弁当を渡しただけになってしまうのだ。

しかも浮気相手と思われるこの令嬢は、空気を読まずに押しつけられたお弁当を喜んでくれている。

なんていい子なのだろう。

一刻も早くこのアホな王太子とは別れた方がいいと思う。

フランシスはフランシスで、相変わらず頭の中がお花畑なようだ。

つい一秒前まで気まずそうにしていたくせに、このいい子な浮気相手ちゃんの解釈を信じたらしい。

「セラフィーナ、そういうことだったのか。お前の気持ちに気がつかず俺は」

違います違います全然解釈一致してないです！

わたしの心の声とは正反対に、彼は立ち上がり照れくさそうに髪をかき上げてこちらをチラッチラッしながら続けた。

「これまで辛い思いをさせてごめんな」

「違いますわ」

「今さら恥ずかしがらなくてもいい。一緒に昼食を取ることを許そう」

「だから違いますってば⁉」

頬を染めて話しかけてきた遊び人の婚約者が心底気持ち悪い。

作戦変更、というか一度出直した方がよさそうだ。

そう思ったわたしは逃げるようにして湖畔のテーブルセットを離れる。

無理。これは無理です……！

背後からフランシスと浮気相手の令嬢が引き止める声が聞こえたけれど、わたしは振り返らずに一直線に走ったのだった。

はぁ、はぁ、はぁ……。

ひどい目にあった。

やっと息を整えたわたしは、周囲を見回す。

フランシスから離れた先にはベンチがいくつか並んでいた。

そこには赤髪のイケメンと黒髪のイケメンがそれぞれ婚約者の令嬢と一緒に座っていた。偶然にもふたりとも攻略対象者である。

わたしはふたりと話したことはないけれど、向こうは間違いなく悪役令嬢セラフィーナ・アルドリッジのことを知っていると思う。

赤髪の名前はアントン。がっしりした体型の彼は騎士を目指していて、爽やかで単純で騙《だま》されやすく素直なタイプだ。

『ヒカアイ』でもプレイ序盤から選択可能なキャラクターで、筋肉系癒やしキャラとして人気があった。

一方の黒髪はルーカス。眼鏡をかけ、アントンと対照的なインテリ系のルックスをした彼は見た目通り宰相の息子だ。

隠れたヤンデレ気質持ちで一部からは絶大な人気を誇っていた気がするけれど、「彼ルートのハッピーエンドは一般的にはバッドエンドなのでは？」と物議を醸したキャラクターでもある。

なんでこの両極端なふたりが一緒にいるんですか。いや、ただ隣のベンチに座っているだけなのだけれど……。

とりあえずお弁当を渡そう。話はそれからだ。

フランシスでは失敗したけれど、このふたりはきっとまともなはず。

何とか気持ちを立て直したわたしは、バスケットから大きなランチボックスをひとつ取り出した。

そして、まずは宰相の息子でありヤンデレなルーカスに手渡す。

「ルーカス様。わたし、お弁当を作ってきたんです。もしよろしければ召し上がっていただけませんか」

「……あなたが私にでしょうか？」

ルーカスは眼鏡を人差し指で押し上げ、ものすごく不審そうな顔をしている。

いける。これなら、今度こそわたしへの反感を高められる……！

そう思ったわたしは、にっこり可憐《かれん》に微笑んだ。顔の作りがキツめなのは十分に知っているけれど、放っておいてほしい。

「ええ。心をこめて作ったんです。ぜひルーカス様に召し上がっていただきたいんです」

「……受け取りましょう……」

警戒しながらルーカスが手を差し出してきた。

とても嫌そうだし、迷惑だと思われているに違いない。理想通りの反応だ。

悪役令嬢のわたしが主人公ちゃんのような振る舞いをするのだから、こうでなくては。

これで、無事に周囲からの注目も浴びられるし、同じような経験をした攻略対象の絆が深まると思う。

さっき、フランシスで失敗したのは彼の遊び相手がいい子すぎたのだ。今度は大成功に違いない。

愉悦に浸りかけたわたしの耳に、ルーカスの冷静な声が響く。

「アルドリッジ侯爵家とうちは切っても切れない仲だ。その上、セラフィーナ嬢は将来フランシス殿下と結婚されて王室に入られるお方。父が宰相であり、それに加えて学園に入学以来トップの成績を取り続けている私を取り込もうとするとは……あなたは意外と策士なようだ」

「ええっ？」

今なんて言った？

まさか、と耳を疑うわたしにルーカスは心底感心したように告げてくる。

「セラフィーナ嬢の学園入学前の評判が最悪だったことは知っています。お茶会で令嬢にポットを投げつけたり、癇癪を起こして使用人をクビにしたり、他家が主催した舞踏会をぶち壊したり……と、とにかく悪魔としか思えないものばかりでした。しかし、実際に入学して見ていると別人かと思うような振る舞いをなさっています。このお弁当も、国のことを考えて私との関係を良好なものにするための挨拶のようなものなのでしょう」

違うそうじゃない。

けれど、隣に座っているルーカスの婚約者――真面目で聡明そうな令嬢もうんうんと頷き感動している様子だった。これはまずい。

「あの……わたしそんなつもりじゃ……！」

「お気になさらなくて結構です。これまで疎遠だったにもかかわらず、手土産として突然お弁当を持ってくるあなたの心意気を買いましょう。今後はこの国の発展に寄与できるよう、一緒に王太子殿下を支えていくとあなたのお弁当に誓います」

「いや、その、あの」

ちょっと本当に待ってほしい。そんなつもりは一ミリもないし、そんな重要な誓いを立てられてもこのお弁当が困ると思う。

フランシスの浮気相手ちゃん以上の勘違いを発動させたルーカスに、わたしの手から力が抜けた。

お弁当入りのバスケットがするりと落ち、地面にザザッと着地……しなかった。

見ると、着地寸前でバスケットをキャッチした手がある。

神業だ。

わたしの手元から地面までおよそ一メートル。待ち構えていたわけでもないのにキャッチしてくれたのは誰なのだ。

それは普通に脳筋なアントンだった。隣のベンチでわたしたちのやり取りを見守っていたはずなのに間に合ったなんて、さすが身体能力に長けた騎士志望すぎる。

「ルーカスだけじゃなく、俺たちにも弁当はあるのか」

「えっ」

今、ルーカスと話していたはずなのになぜ割り込んでくるのだろう。

けれど、騎士志望の爽やかな脳筋キャラは、わたしの戸惑いにはお構いなしに自分の言いたいことを続ける。

「ルーカスのとこにあるなら俺にもくれよ」

「ええっ」

無理にお弁当を押しつける予定だったので、こんなにグイグイ来られるのは完全に想定外で、わたしは後退りをした。

けれど脳筋には敵わない。既にバスケットは彼の手の中にあって、アントンは勝手に残りのお弁当を取り出してしまった。

「うっわ。うまそう」

「アントン様、栄養のバランスもバッチリですわ。体を作るたんぱく質のほか、ビタミンやミネラルもたっぷりです。サンドイッチの具はきゅうりだけでヘルシー。トレーニングの後でもさっぱり食べられるように考えられていて素晴らしいですわ」

アントンの婚約者のご令嬢もお弁当を覗き込んで目を輝かせている。フランシスの浮気相手ちゃんと同じような行動に思えるけれど、違うのは料理の味ではなく栄養バランスを重視しているところだ。

研究熱心な婚約者を持ってアントンは幸せだと思う。この上なくお似合いのふたりだ。主人公ちゃんが現れなくて本当によかった。でも今は違う。

「サンドイッチのきゅうりが分厚いな。食べ応えがある」

「炭水化物が少量でもお腹がいっぱいになる工夫かもしれませんわ。さすがセラフィーナ様！」

お似合いのふたりに、全く意図したわけではない分厚いきゅうりまで誉められて、わたしは顔を引き攣らせた。

「あの、大丈夫です、その」

何が大丈夫なのか自分でもわからなくなってきた。

けれど、主人公ちゃんの真似をしてわたしへの反感を高めることが失敗したのだけはよくわかった。逃げよう。作戦の立て直しが必要だと思う。

「このお弁当をフランシス王太子殿下のところにもお持ちになりましたか？」

「あっハイ。あちらで……おふたりで召し上がっています」

アントンに聞かれてフランシスがいるテーブルセットを指差せば、そこではフランシスと六人目の浮気相手の令嬢がふたりでお弁当をなごやかに食べていた。

それを見たアントンとルーカスは揃って眉間に皺《しわ》を刻む。

「あれはなんだ。セラフィーナ嬢を放っておいて他の令嬢と昼食をとっているとは。あまりにもひどい」

「私も未来の宰相としてできる限りフランシス殿下を支えたいと思っていますが、最近の殿下の遊び方は度を超している」

やばい。攻略対象同士の絆が深まるどころか、特定の攻略対象（フランシス）への憎しみが深くなっている。

そういえば、カイもフランシスへはいい感情を持っていないみたいで……。

わたしは本当にただ消滅せずに生き残って寝放題の生活を送りたいだけなのに、どうしてこんなことになっているのだろう。

「皆様、お気遣いありがたく存じます。ですがわたしは特に気にしておりません。フランシス殿下が婚約解消を申し出てくださるのなら、いつでもお受けするつもりでおります。ですから、おふたりはどうかフランシス殿下の味方でいてくださいませ」

「セラフィーナ嬢……」

アントンとルーカスはわたしに同情するように表情を歪めている。

でも、本当にわたしのことは放っておいて皆仲良くしてほしいと思う。

そうでないとわたしは消えてしまうのだ。

けれど、未来の宰相と脳筋はわかってくれないみたいだった。

「俺たちも苦々しい気持ちで見ているんだ」

「そんなに強がる必要はありません、セラフィーナ嬢」

口々に続けるアントンとルーカス。

意外なことに、フランシスの浮気三昧を皆も苦々しい思いで見守っていたらしい。ゲームの中と明らかに違う！

どうしてなの。

――そういえば、『ヒカアイ』でのセラフィーナは残虐非道の限りを尽くす悪役令嬢だった。

もしかして、だからこそゲームの中のフランシスが他の女に走るのも仕方がないと思われてたのかもしれない。

一方、今のわたしは学園に入学する前の評判に比べて意外とまともだから、そこまでフランシスに同情が集まっていないのかな。

とにかく今は逃げよう。状況が不利すぎる。このまま会話に加わってはますます変な方向に向かいそうだ。

ということで、わたしは悪役令嬢らしく淑女の礼をした。

「あの、わたしは……今日はこれで失礼いたしますわ。皆様、どうぞ遠足を楽しんでくださいませ」

「セラフィーナ嬢、話を」

「「セラフィーナ様……！」」

くるりと踵を返して歩き出すと、引き留めようとするアントンとルーカスの声の端っこにふたりの婚約者の感嘆の声が聞こえた気がする。

ううっ……本当に何から何まで予定と全然違う……！

わたしは、小走りで皆が昼食をとっている湖畔を離れたのだった。

「ヒドインちゃんを演じて皆に嫌われるはずが、どうしてこんなことになっているの……？」

いつの間にか、わたしは国立公園のはずれの方までやってきていた。

観光用に整えられていたさっきまでの景色とは違い、周りには鬱蒼《うっそう》とした森。静かな湖。

いつか見たような景色が広がっていた。

そうだ、ここは四年前に魔物に襲われた場所で。

でも怖かった思い出に浸っている場合じゃない。

周囲に人がいないことを確認したわたしは大声で叫んだ。

「悪役令嬢がヒドインちゃんのフリをしたら、わたしの好感度が上がるって……一体どういう仕組みなの⁉　普通、気持ち悪いって言って逃げるとかいろいろあるじゃないの！　ただでさえカイが味方になっちゃってるのに……これ以上イレギュラーなことが起きたら、わたしの消滅を阻止するどころか魔王を倒すことすら危なくなっちゃうと思うんだけど⁉」

魔王が復活することは決まっている。

ということは魔王を倒さないとこの世界の存続自体が危なくなって、全部消えてしまうのではないだろうか。

「大体、どうして主人公ちゃんがいないのよ……！」

失敗したらまた別の手段を講じればいいと思っていたけれど、まさかここまで見事に裏目に出るとは思わなかった。

がっくりと崩れ落ちそうになったところで、わたしは力強い腕に支えられた。

「⁉」

「何してるの？　体調でも悪い？」

それはコンラートだった。

ここは国立公園のはずれで、皆がお弁当を食べているエリアからも離れている。それなのに彼はどうしてこんなところにいるのだろう。

「何っ……えっ、いつから⁉」

「今。ひとりで皆の輪を離れてどこかへ行くから、心配になって追いかけてきたら、何か叫んだ後に倒れそうになったから」

「あー……」

ひとりきりになって奇声をあげるという、わたしの怪しげな行動をしっかり見ていたに違いないのに、心配してくれるなんていい人すぎる。

そして、絶望して倒れかけたわたしの体調を本気で心配してくれているみたいだった。

「大丈夫？　ひとりで立てる？」

「ええ。ちょっと取り乱しただけだから問題ないですわ。身体は元気だし」

頭の中はこれ以上ないほどに混乱していますけどね。

こっそり心の中でそう付け加えたわたしは、あれっと首を傾げた。腕を支える感覚に覚えがある。

何だっけ……そう、一年生のとき、前世のことを思い出して気絶したわたしを支えてくれたのはこんな腕だった。

しっかり支えてくれているのに、優しい腕。あれは先生が受け止めてくれたと思っていたけれど、結局誰だったんだろう。

そんなわたしの疑問をコンラートはあっさり解決した。

「セラフィーナ嬢はすぐに倒れるな。きゅうりばっかり食べているからじゃないか？」

「すぐに倒れる、って。今は別に倒れたわけじゃないし、それにコンラート様の前で倒れたことなんてないしきゅうりにも罪はないはずですわ？」

「あれ？　一年生のとき、倒れてたよな」

「え」

思いがけない言葉に、わたしは記憶をひっくり返した。

一年生のときに倒れたのは、あの前世のことを思い出して倒れた一度きりだったはずなのに。

どうして彼はそれを知っているんだろう。

あのとき、近くにいた友人はオリアーヌだけだったはず。オリアーヌは誰かに言いふらすようなタイプではないし、そもそもわたしは誰が助けてくれたのかを確認しないでここまで来てしまっていた。

だって先生だと思ったから。

けれど、違う可能性が浮上してしまった。

「……もしかして、わたしを助けてくれたのって」

「やっぱり気がついてなかったんだ」

「！」

つまりそういうことなのだろう。

わたしが倒れたあの日、抱き止めてくれたのはコンラートだったらしい。

「お、重かったでしょう……？　お礼も伝えずに……本当にごめんなさい、ありがとうございます」

「全然。普通のことだし、軽かったよ？」

さらりと答える口調は、わたしに恥をかかせないという気遣い以上に余裕を感じさせる。

さっきまで話していた、婚約者のフランシスや宰相候補のルーカス、騎士志望のアントンとは全然別の世界の人みたい。もちろんかわいい弟カイとも別だ。

そういえば、コンラートは隣国からの留学生だと言っていた。

これはただの文化の違いなのかな。思わず見つめてしまうと、彼はふっと微笑んだ。優しげな瞳は青くキラキラ光っている。

気だるげな雰囲気なのに、育ちのよさを感じさせる物腰の柔らかさ。

やっぱりどこかで見たような。それは『ヒカアイ』をプレイしていたときじゃなくって……。

ふと、頭の中に言葉がフラッシュバックした。

――『……うん。俺は行かない。魔物を何とかしないと』

わたしを鋭く見つめる、確固たる意志が宿った強い瞳。

見慣れない白い騎士服と、耳にぶら下がった魔道具の役割を果たす特別なピアス。わたしに襲いかかってきたケルベロスを一気に切り裂いた、真っ白い閃光。

四年前のあれは、ちょうどこの場所だった。

そして、あの銀髪イケメン少年はマスクをしていて顔がしっかり見えなかったけれど、きっとこんな感じのルックスだった気がする。

そうそう、艶やかサラサラな銀髪に深い青色の瞳。とんでもなく整った顔立ち。あの銀髪イケメン少年って、わたしと同じぐらいの年齢だったよね？

てことは、コンラートみたいな見た目になっているのかな……。

ん？　そこまで考えたところで、わたしは気がついた。

あの日、わたしの頭の中でとても重要な言葉が鳴り響いたような……。


――〝『称号獲得【救世主】→隠しキャラの攻略制限が解除されました』〟


あのときと同じ場所。

コンラートの顔を見ながらそのことを思い出したわたしは、思いっきり叫んだ。

「ええええええええ!?」

「どうしたの？　大丈夫？」

「だ、大丈夫じゃないわ……」

だって彼は、入学式でオープニングムービー（概念）の中を歩いていた。

そして、ここで聞こえたあの妙なナレーション。

四年前のわたしと背がそう変わらない少年と、今目の前にいる十七歳のコンラートの姿がぴったり重なった。

つまりコンラートはあのときわたしを助けてくれた少年ってことで、『ヒカアイ』の隠しキャラだということ……!?

わたしはおそるおそるコンラートに聞いてみる。

「ねえ。もしかして、わたしとあなたはここで会ったことがある……？」

「やっぱりわかってなかったんだ」

コンラートはとてもおかしそうに笑ったけれど、わたしは笑っていられなかった。

だって。わたしは隠しキャラであるコンラートとかなりたくさんのイベント（？）をこなしてしまった気がする。

出会いはここで最上級の魔物から助けてもらったことに始まり、学校の授業ではふたりだけで精霊を召喚し、今朝は調理室で手作りのサンドイッチを食べてもらった。

わたしが主人公だったら、絶対にコンラートのルートに入っていると思う。

問題は、わたしが悪役令嬢だということだ。

真っ青になっているわたしを置いて、コンラートは風に吹かれている。めちゃくちゃ絵になる。さすが隠しキャラ……！

けれど、次の瞬間、わたしの心臓は跳ねた。

「俺はセラフィーナに会うためにここまできたんだよ」

まるで呼び慣れた名前のようにさらりと呼ばれた。

でもわたしに会うためって。どうして……？

――そこへひときわ風が強く吹いて、甘い桃のような香りがした。


「大丈夫ですか⁉」


ここにはわたしとコンラートしかいなかったはずなのに、三人目の声。

風に髪を押さえながら後ろを振り向くと、ひとりの少女がいた。

背中まであるピンク色のストレートヘアを風になびかせ、まんまるの瞳でこちらを見ている。

わたしたちが着ている制服よりも少し短いスカートから伸びる、すらりとした足。華奢な肩と、ほんのり染まった頬、さくらんぼ色の唇。

とんでもなくかわいい女の子だ。

――彼女は、間違いなく『ヒカアイ』の主人公だった。

「あ……の……」

声が出ない。

ううん。何とか声は出たけれど、言葉にならなかった。

どうして主人公ちゃんがこんなところにいるのだろう。

学園に入学してきていないはずなのに、何でこんなところで出会うのだろう。

そして、今の「大丈夫ですか⁉」って何。わたしに向けて？　それとも――

答えはすぐにわかった。

「気分が悪いんですよね！　すぐに誰かを呼んできますから！」

駆け出して行こうとする主人公ちゃんをコンラートが冷静に止める。

「大丈夫。俺も彼女も見ての通り体調は悪くない」

「？？？　そんなはずは……⁉」

主人公ちゃんは心底不思議そうな目でコンラートを凝視している。どうやら「大丈夫ですか⁉」の呼びかけはコンラートに対するものだったらしい。

そして、わたしは主人公ちゃんの真っ白でめちゃくちゃかわいい無垢なオーラから目を離せなかった。

「あの」

「セラフィーナ・アルドリッジさんですよね。あなたはどうしてここにいるんですか？」

「！」

主人公ちゃんはわたしがここにいることを疑問に思ったみたい。

けれど、わかってしまった。

今日はルーナ学園の遠足だ。いくら評判の悪いわたしでも、遠足に来ていることを疑問に思う人間はいないはずだ。

だから彼女から投げかけられた「どうしてここにいるんですか？」という質問はすなわち「どうしてコンラートと一緒にこの湖畔にいるのか」という意味になる。

つまり、主人公ちゃんはわたしが悪役令嬢だと知っているのだろう。ということは、彼女は転生者でここが『ヒカアイ』の世界だと把握していることになる。

どうしよう。主人公ちゃんが出てきて、攻略対象たちの気持ちをひとつにまとめてくれて大団円エンドに辿り着くのがわたしの目標だった。

その主人公ちゃんがわたしと同じように転生者だなんて想像したことがなかったのだ。

答えられないでいるわたしの代わりに、コンラートが前に出た。

「俺たちは学園の遠足でここに来ているんだ。自由行動の時間にふたりで抜け出していたって別におかしいことじゃないだろう？　それに、彼女はアルドリッジ家の令嬢で王太子殿下の婚約者だ。きみが名乗らず、気軽に呼んでいい相手じゃないと思うけどな」

「……!?」

コンラートの言葉に主人公ちゃんは目をぱちぱちと瞬いた後、ものすごい顔でこちらを睨んでくる。

悪役令嬢のくせに隠しキャラと一緒にいるなんて信じられない、こんなところだろう。

わたしだって信じられないし、ついさっきまではどうしたらいいのかわからなかった。

それに、さっきまでのわたしは主人公ちゃんが登場するのを心待ちにしていたはずだった。

でも、いざこんなところで出会ってみるとどうしたらいいのかわからない。

そこへ、わたしの制服の中で寝ていたはずのきゅーちゃんが襟元からぴょこりと顔をだす。

「きゅー？　きゅっ、きゅー？」

「ごめんね、きゅーちゃん、今は中にいてくれる？」

そこまで話したところで、気がついた。

そうだ、きゅーちゃんは主人公ちゃんと契約する『ヒカアイ』のマスコットキャラクターだった。

慌てて顔を上げると、主人公ちゃんが強張った表情でわたしを見ていた。

「セラフィーナ・アルドリッジ。……あなた、誰なの……？」

■第五章・ヒロインも転生者

「セラフィーナ・アルドリッジ。私はお前との婚約を破棄することにした！」

遠足の翌週、学園のカフェテリア。

婚約者のフランシスに呼び出されたわたしは、周囲から痛いほどに注目を浴びながら、お決まりの文言を全身に浴びていた。

「一緒にお弁当を食べてやってもいい」と誘われかけた遠足の日から急展開すぎるのではないかな。

けれど、すべては想定の範囲内だったわたしはにこやかに承諾する。

「かしこまりました。では婚約解消に係る書類をアルドリッジ侯爵家宛にお送りくださいませ」

「そうだろうそうだろう、嫌だろう、だが私は真実の愛を……ってえっ？」

「フランシス殿下が婚約解消を言い出してくださる日を心待ちにしておりました。今日は記念日です」

「えっ？」

「学園に入学してからほとんどお話しすることはありませんでしたが、お世話になりました」

ニコリと微笑み、丁寧に礼をして姿勢を戻せば、ぽかんとしたフランシスと目が合った。

どうして婚約解消を言い出した方がショックを受けているのだろう。

フランシスの後ろでは、首を傾げた主人公ちゃん――『ステラ・カーソン』がぱちぱちと大きな目を瞬いてこちらを見ていた。


あの遠足の日。

学園に戻ると、転入生が入寮することを知らされた。

それが主人公ちゃんの『ステラ』だった。

元は平民として暮らしていたけれど、光属性の魔力を目覚めさせたことでカーソン男爵家に引き取られ、『ルーナ学園』への転入が決まったところまで、全部ゲームの設定通り。

国立公園での振る舞いから察するに、主人公ちゃんもわたしと同じ転生者だということは明らかだった。

どうして入学が遅れたのか。

まだ転入前なのにどうしてあの国立公園にいたのか。

そして、どうしてコンラートを知っているのか。

一度ゆっくり話をしてみたいと思ったけれど、わたしは悪役令嬢のセラフィーナ・アルドリッジだ。

下手に呼び出してステラをいじめたと思われたら大変だ。

この一年間、平和だったからすっかり忘れていたけれど、わたしは悪役令嬢として過ごしつつ、学園を卒業した後に王都のはずれに家を貰ってもらえるぐらいはいい子で過ごす必要があるのだ。

この調節ってものすごく難しい。

二の足を踏んでいるうちに、遊び人すぎる婚約者の王太子・フランシスがステラと仲良しになったようだった。

そして、そこから一週間も経たないうちにわたしはこうして婚約破棄されてしまったのだ。

しかも噂によると、六人の浮気相手全員ともすでに縁を切ったらしい。

覚悟はしていたけれど、いくら何でも早すぎない⁉　さすが公式ＳＮＳを炎上させたヒドインちゃんは実力が違うわ……！

でも、今後の展開がものすごく期待できる気がする。

ステラがいれば少なくとも魔王は絶対倒せるし、転生者だということを利用し話し合ってうまくやれば、意図的に大団円エンドを目指すことだって可能なのだ。

もしかしてステラには誰か攻略したいキャラクターがいるのかもしれない。

けれど、ここはゲームの世界でもわたしたちにとっては現実だ。卒業後に攻略対象と恋愛をする道だってあるはず。

とにかく、わたしは消滅したくない……！

「話せばきっとわかるはずだわ」

回想を終えてぐっと拳を握りしめたところで、わたしに婚約破棄を言い渡すフランシスの後ろで困ったようにこちらを見つめていたステラが話しかけてくる。

「セラフィーナさん。……ってごめんなさい。何とお呼びすればいいかわからなくて」

「そのままで大丈夫ですわ」

わたしは悪役令嬢だけど、主人公ちゃんを絶対にいじめたりしない。誤解すらもされないように細心の注意を払わないと……！

自分でも笑顔が引き攣っているのがわかったけれど、ステラは気にしていないようで、愛くるしい笑みで続けた。

「大事なお話があるの。この後、ふたりで裏庭でお話しできないかしら？」


主人公ちゃん――ステラに呼び出されたわたしは、裏庭のベンチに座っていた。

オリアーヌが一緒に来てくれると騒いでいたけれど、断った。

きっと『ヒカアイ』の話になるのだろう。そうなるのなら、わたしとステラふたりだけの方がいいと思ったから。

「あ！　いた！　お待たせしちゃってごめんなさい！」

制服のスカートを翻《ひるがえ》し爽やかに登場したステラに、わたしはいきなり切り出した。

「いいえ。――わたしはルーナ学園が『光の乙女は愛される』の世界だと知っています。それで、ステラ様がお話ししたいのはこのことでしょうか」

そこで制服の胸ポケットをトントンと叩くと、きゅーちゃんがぴょこりと顔を出す。たらふくきゅうりを食べた後ずっと眠っていたらしく、若干むにゃむにゃとしている。

それを目にしたステラは「きゅーちゃんだ」と呟いてから無垢な瞳で首を傾げた。

「わたしも転生者なんです。でも、気がついたらゲームスタートから一年以上が経過していて……。国立公園で遠足イベントをやっていると聞いて、慌てて行ったんです」

「だから入学式にいなかったのですね」

「はい。……ですが、セラフィーナ・アルドリッジさんは悪役令嬢ですよね。どうしてわたしがいない間に攻略対象にちやほやされて、主人公が契約するはずの精霊まで手にしているのでしょうか」

……ちやほや。

そんなことを言われても。

全部予想外に起きてしまったことだし、第一ちやほやされているのは幻覚だと思う。現に、フランシスはあっさりと婚約破棄を言い渡してくれた。

オリアーヌもきゅーちゃんも、きっとそのうちステラのところに戻っていくことになるのだと思う。だって、わたしは悪役令嬢なのだ。きっと主人公には敵わない。

胸にちくちくとした痛みが走って答えに詰まると、ステラはいきなり子どもっぽい口調になって腕組みをした。

「困るんです。だって、今年は魔王が復活するんだよ？　主人公がハッピーエンドルートに入っていないと魔王を倒せないの知ってるよね？　悪役令嬢のあなたは邪魔はしない方がいいと思うんです」

「……！」

記憶を取り戻してから、薄々感じていたことをはっきりと言われて、何も返せない。

「あなたも転生者なんだったら、この『ヒカアイ』の世界観を大事にしてほしいんです」

「あの……わたしはただ大団円エンドにしたいだけで」

おずおずと発言すれば、ステラはぱちくりと目を瞬いた。

「大団円エンド？」

「はい。大団円エンド以外では、悪役令嬢のセラフィーナは消滅する運命にあるので……わたしは攻略対象と恋をしようだなんて少しも思っていません。ただ、生き残りたいだけなんです」

きゅうりを齧りながら寝放題の生活を送りたい、を言うのはやめたおいた。

何となく、わたしの楽しみはステラには通じない気がしたから。

「ふぅん。つまり、セラフィーナさんは攻略対象同士の仲がよくなることが希望なんですね？　他には何もいらないと」

「……はい」

本当は、譲りたくないものができてしまった。

オリアーヌにきゅーちゃん、カイ。そして少しだけコンラートのことが脳裏に思い浮かんだけれど、大団円エンドでしか生存の余地がない悪役令嬢なわたしに選択権はなかった。

わたしの命運を握っているのは、今目の前にいる主人公ちゃんなのだから。

いろいろな想いをこらえて頷くと、ステラは主人公ちゃんらしく可憐な笑みを浮かべる。

「わかりました！　魔王討伐の後もセラフィーナさんが生き残れるように、わたしも頑張りますね。一緒に大団円エンドを目指しましょう？　代わりに、わたしがすることに邪魔をしないでもらってもいいですか？　ふたりも転生者がいたら、シナリオが狂ってしまうもの」

「その通りにします。……ありがとうございます、ステラさん」

悲しいけれど、こうするのが一番いい。

寝放題の人生を目指して、王都のはずれにきゅうりの庭付きの小さな家を手に入れるのがわたしの目標なのだ。

――だって、ここは主人公ちゃんのための世界なのだから。

◇ステラの本音

悪役令嬢のセラフィーナとの密談を終え、寮の部屋に戻ったステラはベッドの上にぽすんと体を投げ出した。

「やっぱり悪役令嬢も転生者だったわ！　ゲームの世界に転生者がふたりもいるってどういうことよ！　しかもわたしよりも先に学園に入学して攻略対象と仲良くなるなんて……許せないわ」

さっき、ステラがセラフィーナに話したことにはいろいろな嘘が含まれている。

『気がついたらゲームスタートから一年以上が経過していた』というのもそのひとつだ。

本当は、物心がついた頃からここが『ヒカアイ』の世界だという認識はあった。それでいて、わざとルーナ学園への入学を一年遅らせたのだ。その理由は。

「わたしは隠しキャラのコンラート様を攻略したいのよね。そのためには、コンラート様をトラウマで苦しんでいるところから救う必要があったの」

悪役令嬢のセラフィーナは隠しキャラの存在を知らないらしかったが、ステラは前世で隠しキャラも含め『ヒカアイ』のすべてをコンプリート済みだった。

誰がどんな条件でどんなエンディングに向かうのかもほとんど覚えている。

けれど、予想外のことが起きすぎていて意味がわからないのが現状だった。

「コンラート様攻略には国立公園への遠足のときに、トラウマが蘇《よみがえ》ったところを優しく慰めて『救世主』の称号を得るのが第一歩なんだけど……どうして失敗しちゃったんだろう？」

ステラの記憶によると、コンラートは十三歳のときにあの国立公園で難しい試験を課せられ、心に大きなトラウマを負うはずだった。

「たしか、ゲームでは『魔物の暴走を収めようとしたところに思いがけない強敵が現れて、コンラート様は緊張で体がうまく動かなくて大怪我を負うっていうかわいそうなトラウマ持ちのはずだったんだよね」

そして四年後、遠足で国立公園に行き、嫌な思い出がフラッシュバックして気分が悪くなってしまうのだ。

そこにステラが居合わせ優しく介抱すると、攻略制限が解除されてコンラートルートに突入するはずだった。

けれど、コンラートがあの国立公園に嫌な思い出を抱えている様子は全く見えなかった。それどころか悪役令嬢を庇《かば》う余裕まであったのだ。

「しかも、コンラート様って二年生で留学してくる隣国の王子様キャラでしょ？　なのにあきらかに入学時からいたっぽいけど、これ何のバグなのよ!?」

十三歳の魔物討伐試験でルーナ王国にトラウマを抱えてしまったコンラートは、国王である父親の命令によりトラウマを克服するために二年生で留学してくるはずだったのだ。

だからステラもこの時期に編入することにした。

二年生の最初からいて仲良くなってもよかったが、こういうのはインパクトが大事だ。

「気分が悪くなったところを謎の美少女が助ける、っていう印象的な出会いを演出したはずだったのに！」

それなのに、コンラートはステラが撒いたエサに全く食いつかなかったのだ。

わけがわからないことだらけだが、これだけははっきりしている。

「コンラート様って本当に顔がよすぎて好きすぎる……。遠足でどうして悪役令嬢なんかと一緒にいたのかはわからないけど、わたしはコンラート様ルートのハッピーエンドを狙うんだから。悪役令嬢が唯一生き残るエンド『逆ハー大団円エンド』なんて冗談じゃないわ！」

悪役令嬢のセラフィーナに同意してみせたのは、自分の邪魔をされないようにだ。好みど真ん中のコンラートを手に入れ、隣国でプリンセスになって暮らすのがステラの夢なのだ。

——主人公のステラは、大団円エンドなんて全く興味がなかった。

遠足が終わり期末試験をクリアすると、わたしたちには夏休みが訪れていた。

ということで、わたしたちは王都から少し離れた海辺の街にある、アルドリッジ侯爵家の別荘に遊びに来ていた。

別荘から一本道で辿り着くプライベートビーチにはじりじりと太陽が照りつけている。

今回の旅のメンバーは、元婚約者になったフランシス、義弟ワンコなカイ、未来の宰相ルーカス、騎士志望の脳筋アントン、コンラート、主人公ちゃんのステラ。

……『ヒカアイ』オールスターっぷりに、我ながら眩暈がしてきそうだ。っていうかどうして元婚約者までここにいるのかな。

確かにこのイベントはゲームのシナリオでもあった。

でも、皆を招待するのはわたしじゃなくてカイのはずだったし、何よりもコンラートはいないはずだった。

ちなみに、どうしてわたしが皆を誘うことになったのかというと、カイが動かなかったから。

ゲームの世界ではカイはわかりやすく主人公ちゃんに夢中になるのだけど、現実ではそうじゃなかった。

でもその責任は主人公ちゃんに出会う前のカイを手懐《てなず》けてしまったわたしにあるので、同じイベントを起こせるように皆を別荘に招待したのだ。

ということで、悪役令嬢のセラフィーナは皆に邪魔者扱いされ、キレて主人公ちゃんをいじめるっていういつものパターンになるはずの夏休み。

けれど、わたしにはステラをいじめる気は全くないので、皆の邪魔をしないように夏を楽しむだけだった。

真っ白い砂浜にシートを敷き、ビーチパラソルを立てたわたしは青い海を眺める。

見渡す限りの水平線。白い雲が浮かぶ青空に、太陽が燦々《さんさん》と輝いている。寄せては返す波が陽の光をキラキラと反射してとってもきれい。

そしてさすが乙女ゲーム。目の前ではキラッキラの青春が繰り広げられていた。

「フランシスさま！　見てください、貝殻がありました！」

「ステラの髪に飾ってあげよう。……人魚のように美しいな」

ステラがビーチの波打ち際で攻略対象たちを侍らせ、楽しそうにはしゃいでいる。

攻略対象の中でカイだけはあからさまに面倒そうにしているけれど、ステラは光の乙女なのだ。邪険に扱ってはいけないし、大団円エンドのためにもうちょっと頑張ってほしい。

ちなみにステラが着ているのは白いワンピースの水着。主人公ちゃんっぽくて清楚でかわいすぎる。

それを見つめながら、わたしは自分が着ている大きなだぼだぼの上着を襟口でぎゅっと握りしめ、水着が外に見えないように確認し直した。

「ていうかどうしてわたしはこんな水着なのかな？」

わたしが着ているのは、とんでもない露出の水着だった。

主人公ちゃんをいじめるのをやめても、このゲームでの悪役令嬢という役割からはやっぱり逃れられないらしい。

確かにセラフィーナはスタイルはいい。けれど、どう考えても布面積が少なすぎるこの水着を恥ずかしげもなく着られるはずがないのだ。

ということで、わたしはメイドのアルマが準備してくれたこの大きな上着をすっぽりと被り、見た目は水着を着ているとは思えない姿で海岸を見守っていた。

海岸にはコンラートの精霊、ユニコーンのデアが姿を現し、水浴びを始めている。

「わぁ。コンラート様のデアってユニコーンなんですね！　とってもかわいい」

「デアは無理に触ると噛むことがあるから気をつけて」

遠くから聞こえてくる波打ち際の会話を背景に、わたしは足にまとわりつく砂を手で払った。

この前の遠足ではおかしなことになってしまったけれど、今はもう主人公ちゃんがいる。

無理にヒドインちゃんを演じて皆の絆を深めようとしなくていいのだ。

「はー、なんて気楽なんだろう。ここで寝てもいいかも」

「セラフィーナは泳がないの？」

「！」

ついさっきまで波打ち際にいたはずのコンラートがいつの間にか隣に座っていて、ごろりと横になりかけたわたしは飛び上がりそうになった。

そしてあの遠足以来、コンラートはふたりきりのときにわたしの名前を呼び捨てで呼んでくる。何この距離感、まるで恋人同士みたいなんですけど。

「……泳がないわ」

「水着持ってこなかったんだ？　確かに泳ぎとか得意そうじゃないもんな」

そんなことない。

自慢じゃないけれど、わたしは手汗が出せるぐらいには水属性の魔法が使える。だから体質的には水は得意なのだけれど、この水着が問題すぎるのだ。

「……水着は着ているのだけれど」

「けど？」

「デザインがああいうのじゃなくて」

わたしは顔を赤くし、波打ち際で水飛沫を上げながらビーチボールで遊んでいるステラを指差した。コンラートは意味不明だという顔をしている。

「ああいうの以外に水着ってあるの？」

「…………」

完全に同意見です。

わたしだって、まさかこの世界の令嬢が着る水着にこんなに露出激しいデザインがあるなんてて思わなかった。

前世の日本なら普通かもしれないけど、この世界だと絶対にありえない。

顔を赤くしてぎゅっと上着を握りしめたわたしを、コンラートが興味津々な目で見てくる。

「暑くない？　それ脱いだら？」

「暑いけどいいです」

「せっかく海に来たのに」

わたしも本当にそう思うけれど、問答無用でこの水着を着ることになるとは思わなかったのだ。乙女ゲームのイベント怖すぎる！

それに、コンラートもこんな水着がこの世に存在しているなんて絶対に知らないと思う。

たぶん柄がダサいとか程度だと思っている気がするけれど、全然話が違うのだ。

それにしても、暑い……と思ったところで、違和感に気がついた。

「きゃーーーっ！　きゃーーーーーっ！」

「セラフィーナ⁉」

急に叫び始めたわたしにコンラートが珍しく焦っている。

けれどそれどころじゃなかった。わたしの上着の中に、何かがいるのだ。

「上着の中に虫がいるわ……！」

「上着を脱いで逃すんだ」

「絶対に無理、無理、無理」

と言いつつ、背に腹は変えられない。

わたしは懇願した。

「コンラート、絶対にこっちを見ないでね⁉」

「わかったよ」

コンラートが後ろを向いたのを確認してわたしは勢いよく上着を脱いだ。ここがプライベートビーチで本当によかった！

そして、上着を脱いでばさばさと虫を払ってみるけれど、背中のむず痒い気配はとれない。勘弁してほしい。

「本当にごめんなさい……背中に何かついてない？」

「？　どこ？……って、えっ」

声をかけると、コンラートがものすごく驚いた気配がする。それは本当にそう。

わたしが着ているのは、現代日本でもちょっと攻めたねと言われそうなデザインのビキニなのだから。

いくら背中だけといっても、この世界の人には刺激が強すぎると思う。

「何も言わずにとって。お願い。そして見たものを忘れて」

「……わかった」

ごくりと息を呑む気配がして、わたしの背中にくっついていた何かが離れていった。と同時に、わたしがさっきまで着ていた分厚い上着とは違った羽織ものを被せられた。

「早くそれ着て」

「……はい」

これはたぶんコンラートのだ、と着たときの匂いで把握してドキドキする。とにかく気まずすぎて、わたしはできるだけ何も考えないようにしながら短く返事をして袖を通す。

その間に、コンラートは今の虫騒ぎで砂浜に投げ捨てられていたわたしの分厚い上着を拾ってきてくれた。

今度はそれを頭から被せられて、わたしはすっかり着ぐるみのようになってしまった。

「……暑いです……」

「だってそんなデザインの水着だなんて思わなかったから」

「ですよね……」

お見苦しいものを見せて本当に申し訳ないと思う。

いつもは気だるげな雰囲気を漂わせていることが多いコンラートの目が泳いでいる気がして、いたたまれない。

「いい、忘れてね？　もう忘れた？」

コンラートは答えない。

けれど、頬を赤くして口元を隠すようにして言った。

「セラフィーナは何を着ても似合うけど、そういうのは誰かに見せないで。俺だけでいい」

「えっ」

これ何のイベント？　誰のイベント？

まるで乙女ゲームの中で口説かれているようなセリフに、一気に全身が熱を持ったのがわかる。

と同時に鋭い視線も感じた。

「ふたりとも、何やってるの～？　わたしも仲間に入れてください！」

ステラがニコニコしてこちらにやってくるけれど、目が全然笑っていない。

わたしは何かいけないことをした……!?　ただ、虫に襲われただけなんだけど！

「あの、虫がいて」

「……虫？」

ステラのかわいらしい顔がわたしだけにわかるぐらいの微妙なレベルで歪む。目の前までやってきたステラは、わたしの格好を見てきょとんと首を傾げた。

「どうしてコンラート様の服を着ているの？」

わたしが分厚い上着の中に、もう一枚コンラートの服を着ていることに気がついたみたい。

観察力がすごすぎる。

わたしの戸惑いを察してくれたのか、ステラからの問いにはコンラートが答えた。

「セラフィーナ嬢の上着が見つからなかったから、俺のを貸しただけだ」

「そうだったんですね！　いいな、わたしもコンラート様の上着、着てみたいです」

「ステラ嬢の上着はそこにあるだろう？　ほら」

コンラートが微笑んでパラソルの下の上着を指差せば、ステラが「あはは、そうでした」と無邪気に笑ってわたしに背を向けた。

そして。

「……おかしいな。上着はわたしが水着姿を披露したときにコンラート様が貸してくれるはずのものなのに。どうしてわたしの水着姿はスルーで悪役令嬢には上着を貸してるの？　何なの？」

ぶつぶつと聞こえた小声にびっくりしてしまう。

待って。もしかしてわたし、主人公ちゃんのイベントを取っちゃったってこと……!?

わたしは隠しキャラの存在を知らなかった。だからどんなイベントが起きるのかも全然知らない。

でも、大団円エンドのキャラクターにコンラートも含まれるのかな。ステラがコンラートの好感度を高めようとしているのはどうして……？

わたしが戸惑っている一方で、ステラの微妙な怒りに気がついたらしいコンラートは、話を逸らしてくれる。

「カイとルーカスは？」

「ええと……ふたりとも別荘に戻っちゃったんです」

「えっ⁉」

皆が仲良く波打ち際で絆を深め合っていると勝手に信じていたわたしは、慌てて海に視線を移した。

そこには、水浴びを楽しむユニコーンのデアとふらふらステラを追いかけてくるフランシス、本気で泳ぐアントン。そしてここにいないカイとルーカス。

やばい全然仲良くなってない。ここから何とか挽回を……と思ったけれど、ステラが濡れた髪の毛先をくるくるといじりながらつまらなそうに言った。

「そろそろ別荘に戻りましょうか？　疲れちゃいましたね！　わたし、お弁当を作ってきたんです。サンドイッチなんですけど、みんなで食べましょう？」

言葉よりも雰囲気は険悪だ。

……悪役令嬢だから、皆の邪魔をしないようにしたはずだったんだけど。

もしかして逆効果だったのかもしれない。

「サンドイッチ、全然うれしそうじゃないんだけど？　まぁいいわ。主人公のわたしには裏の手があるし」

そんなステラの言葉が聞こえた気がしたけれど、この夏休みイベントでの振る舞いを思いっきり間違えてしまったことにショックを受けていたわたしは、特に聞き返すことはしなかった。


プライベートビーチから別荘までは森の中を通って五分ほど。

フランシスとステラを先頭にして小道を歩いていると、急に空が暗くなった。

「あら？　雨でも降るのかしら」

けれど頭上には雲ひとつない。それなのに、やっぱり空が暗い。

雨が降る直前とは明らかに違う、不気味な暗さ。何だかとても嫌な感じがして思わず身震いがした。

「確かにこれは嫌な気配がするな」

コンラートもわかってくれたようで、一緒に立ち止まって空を見上げる。

「きゅー？　きゅっ！」

さっきまでわたしの分厚い上着の胸ポケットで眠っていたきゅーちゃんも顔を出して一緒に空を睨んでいる。

言葉では言い表せないけれど、何かが起こりそうな気配に拳を握り唇を噛んだとき。

ものすごい轟音《ごうおん》がして、空から稲妻が走り遥か遠くの山を砕くのが見えた。頭の奥まで響くような空気を震わせる大きな音に、わたしは思わず身を屈める。

稲妻で空は一瞬だけ明るくなったけれど、また周囲は暗くなってしまった。

「なにあれ……⁉」

「わからない」

隣のコンラートも真剣な表情で砕かれた山を見つめている。一部から煙が上がり、山火事が起こったのがわかった。早く誰かに知らせなければと思うのに、衝撃でまだ動けない。

——もしかして。

ふと、ある考えが思い浮かんだ。

今年は魔王が復活することになっている。

ゲームでは魔王復活のスチルはなくて、いきなり魔王を召喚して戦うのがクライマックスのエピソードになった。

でももしかしたら、魔王の復活ってこんな感じじゃないのかな……。

不安を覚えてさっき握りしめた拳に目をやると、そこにはわずかに黒いもやのようなものが漂って見えた。……何これ？？？

「えっ」

驚いて声を発したのはわたしではない。ステラだった。

「セラフィーナ様、それって闇属性の魔力じゃないですか……⁉」

「何だと⁉」

すかさずフランシスが合いの手を入れたけれど、わたしにはまるで意味がわからなかった。

けれど、わたしの手を覆う黒いもやはすぐに消えた。しかも、わたしの体の中に吸収されるような形で。

……本当に、何これ。

事態が呑み込めなくて目を泳がせることしかできないわたしに、ステラはキンキン声で詰め寄ってくる。

「わたしは光属性の魔力を持っているからわかるんです。今のはわたしと対極——闇属性の魔力です。……セラフィーナ様、どうして今の魔力を吸収できたんですか」

そんなのわかるわけがなくて、わたしは目を瞬いた。

しかしステラの追及は止まらない。

「今、わたしものすごく嫌な気配を感じたんです。おそらく、さっきの轟音とともに魔王が復活したような気がします。それで、あらゆる闇属性を持つ魔物たちへ大きな刺激になったように思えて」

「！」

さすがステラは光の乙女。わたしには感じ取れないあれこれもわかってしまうのだろう。

けれど、わたしが感心していられるのはここまでだった。

なぜなら、ステラがこれまでに見たことがないほどに厳しい表情をしたからだ。

「――セラフィーナ様。こんなことを言いたくはないのですが……光の乙女のわたしにはわかるんです。もしかして、セラフィーナ様って悪魔じゃないですか？」

わたしを睨みつける主人公ちゃんの冷たい視線。なぜか『魔王と対峙した後に消滅する』という文言が思い出されて、足がすくみそうになる。

けれど。

「ステラ嬢。それ以上セラフィーナを侮辱するのはやめてもらおうか」

怒りを孕《はら》んだ声がした。

いつの間にかコンラートに手首を掴まれていたわたしは、守られるように引っ張られた。服の中で寝ていたはずのきゅーちゃんも出てきて、頭の上にぴょんと乗った。そして

「きゅー！　きゅー！」とステラを威嚇するように鳴いている。

ステラの冷たい視線を遮ってくれたのは、日に焼けたコンラートの背中。

その背中越しに、ステラが「わたし、そんなつもりじゃ……！」と涙を浮かべるのが見えた。

ステラが言っていることもわかる。

突然鳴り響いた雷鳴と、砕かれた山。わたしの手の中に消えた黒いもや。わたしだって、どれも魔王の復活と結びついているようにしか思えない。

けれど、問答無用でわたしの味方になろうとしてくれるコンラートの存在に、不思議と安堵を感じていた。

■閑話・コンラート・レブンワース2

セラフィーナに誘われて訪れたアルドリッジ家の別荘から自国に戻ったコンラートは、困惑していた。

思い出すのは、海からの帰り道。

セラフィーナが突如として闇属性の魔力を目覚めさせ、体に吸収したときのことだ。

「セラフィーナ・アルドリッジ。まさか彼女が『闇』属性の魔力持ちだとは」

コンラートも光の魔力を操る特別な人間だ。だからこそ、光の乙女のステラが言っていることがデタラメなどではないことはわかる。

しかし、コンラートはセラフィーナのことを闇属性の魔力を持った悪魔などだとはこれっぽっちも思っていない。むしろ逆なのだ。

「光や闇属性の魔力は特別だ。わずかなものだったとしても大きな効果を発揮する。……まだ十三歳だった俺が、ケルベロスを倒せたようにな。つまり闇の魔力持ちということは、理論上は魔王に同族として同等に接することができるとも言える。つまり彼女を手にしようとする人間が増えるんだよな……」

光の魔力持ちも少ないが、闇はそれ以上に少ない。

前回、闇属性の魔力持ちが生まれたのは数百年前だったという。男性だったその人物はたった一代で国を築いていた。

「彼は魔王の力を借りていたというような記述が随所に見受けられる。信じがたいため、おとぎ話のようなものだと思われているが」

たった一代で国を築いたのだからその人物は歴史書に名前を残しているし、何なら学園を卒業した後に通うアカデミーではもれなく『彼』について学ぶことになる。

コンラートは第二王子として特別な教育を受けるうちにそのことを知った。ルーナ王国でも、少しでも教養がある人間なら、セラフィーナが闇属性の魔力を持っていると知れば手に入れたがるだろう。

（せっかく王太子フランシスとの婚約を解消したばかりだというのに……）

隣国の王子であるコンラートだが、さすがにセラフィーナが王太子の婚約者でい続ける間は近づくことができなかった。

けれど、セラフィーナは婚約破棄を言い渡された。それならば距離を縮めても問題ないはずで、だからこそ最近のコンラートはセラフィーナに接近することができている。

「……加えて、魔王が復活したとなると面倒なことになるな」

光の乙女であるステラは魔王の復活を言い当てた。

いつもならばパーティーを組んで討伐する他にありえないのだが、セラフィーナが闇の魔力持ちとなると別の選択肢も出てくる。それは。

「セラフィーナに依頼して、魔王を従えさせようとする人間が出てくるのではないだろうか。そして、それを見た者たちはセラフィーナを取り合い、彼女の人生は自分の意思とはかけ離れたものになってしまう。……取り越し苦労で済めばいいが」

ベッドに寝転がったコンラートは、別荘でのことを思い出す。

海辺で不自然に厚着をしていたセラフィーナを見て、慎みがあってかわいいと思った。けれど虫が中に入ったと騒いで上着を脱げば、ありえないほど露出が多すぎる水着を着ていたのだ。

「あれを着せたのは誰だ。侯爵家の使用人か」

似合ってはいたが、他の誰かに見せたくなくてコンラートは慌てて二枚も服を着せてしまった。恥ずかしさに頬を染めているのがまたとんでもなくかわいいとは思ったものの、何となく言えなかった。

告げたら、逃げられる気がしたのだ。

「俺は、セラフィーナが闇属性の魔力持ちでも何でもいい。ただ、彼女を好きなだけだ」

普段は留守にしている王族専用の部屋。

その広い広いベッドに寝転がりながら、コンラートは目を閉じた。

■第六章・反則キャンディとハッピーエンド

夏休みが終わって新学期が始まった。
けれど、予想した通り新学期は緊張感に溢《あふ》れるものとなった。
掲示板に書かれた文字をオリアーヌと一緒に読み上げたわたしはため息をつく。

魔王討伐パーティー編成

フランシス・デイミアン
ステラ・カーソン
コンラート・レブンワース
カイ・アルドリッジ
ルーカス・ギディオン
アントン・アーネスト

魔王討伐パーティーって意外と気軽に発表されてしまうんだな。そして、騎士団の英雄とか

じゃなく『ルーナ学園』の生徒だけが選ばれるのも、ものすごくこの世界を舞台にしたゲームっぽい。

自分がプレイしていたときは全然気がつかなかったけど、もしかして学園の生徒だけが魔王にダメージを与えられる裏設定とかあるのかな。

わたしは他人事のように考えていた。

ひとつだけ、ゲームの中と違うところがある。それはコンラートの名前が入っているということだ。当然、何の役にも立たない悪役令嬢のわたしの名前はない。

「魔王の復活、三百年ぶりのようですわね。神に選ばれし六人の皆様がまた封印してくださるとは思うのですが、怖いですわね」

「ええ」

オリアーヌの言葉に、わたしは力なく答えた。

今わたしが考えているのは、皆が魔王を倒しに行くことよりも夏休みの別荘でのあの出来事のことの方だった。

わたしはたぶん、魔王が復活した瞬間に闇属性の魔力を目覚めさせてしまったのだろうと思う。どうりで、これまで水属性の魔力持ちなのになぜか手汗しか出せないはずだ。

水属性というのが間違いで本来の属性が闇なのだったとしたら、あらゆることが繋がって合点がいく。

あのときステラからきつい口調で詰問されて、わたしは正直なところ『やっぱり』というような思いがあった。

だって、どう考えても『魔王と対峙後に消滅』なんておかしいのだ。取り込まれた、もしくは悪役令嬢セラフィーナは元から悪魔だった、が正しいと思う。

前にカイの実家を訪ねたとき。

カイを金蔓にするカイの母親に本気でどす黒い感情が浮かんできて、どうしたらいいのかわからなくなったことをよく覚えている。

きっと、あれはわたしの中にもともと悪魔のようなものがいたからなのかな。

そして前世の記憶を取り戻すまでの悪役令嬢セラフィーナ・アルドリッチは確実に悪魔だった。だからこそあんなにひどいいじめができたのだ。

「セラフィーナ様？　どうかなさいましたか？」

「いいえ、何でも」

オリアーヌが優しく声をかけてくれて、わたしは慌てて首を振った。

わたしは『ルーナ学園』で出会った友人やきゅーちゃんのことが大好きだ。

でも、この学園は主人公ちゃんのためのもので、わたしは悪役令嬢だ。オリアーヌもきゅーちゃんも、いつかはステラに返さなければいけないことはわかっている。

それでも、この心地いい毎日を手放したくなくて。

友人を奪われた転生者のステラはきっと困惑している。それにも関わらず、大団円エンドに向けて動いてくれているのだ。

夏休みに別荘へ行ったあの日、ステラはわたしのことを悪魔だと言ったけれど、後でちゃんと謝ってくれた。

そうして、もう一度約束してくれた。

――あなたがクライマックスで消滅しないですむように大団円エンドを目指すね。実は結構いいところまで来てるんだよ？

って。

わたしはエンディングを迎える前に、大好きな人たちとの別れを受け入れることはできるのかな。

もう一度、掲示板に視線を戻す。

魔王を召喚して戦うのは、わずか三日後のことだった。


「わあ！　こんなに広い場所を提供してくださるのですね！」

天井がものすごく高い『ルーナ学園』の別館にステラの声が響く。

今日は『ヒカアイ』がクライマックスを迎える――魔法陣を使って魔王を呼び寄せ、討伐する日だった。

魔法陣で気軽にお呼ばれしてしまう魔王って正直どうなのという気はする。

さすがゲームの世界、と思ったけれど、実際に自分がここで生きているとなるとそうは言っていられない。

だって、討伐メンバーが負けた後に待っているのは自分たちの死だ。……たぶん。

そうならないように宮廷魔法師が結界を張った中で魔王と対峙できるのなら、これ以上はないと思う。

そして、主人公ちゃんのステラが大団円エンドのために奔走してくれているのは知っているけど、可能性は低い。

わたしは消滅しないでエンディングを迎えられるのかな……。

ぷるぷる震えながら前方に視線を送る。

ここには魔王を倒す資格があるとされ学園で名前を発表された六人の他、たくさんの生徒が集まって彼らを見守っていた。

「魔王の討伐メンバーに選ばれたかったな」

「皆様特別に選ばれし精鋭だと聞きましたわ」

「転入生のステラさんが選ばれたらしいぞ。さすが光の乙女だな」

高い天井にざわめきが反響している。

まるでこれから魔王が召喚されるなんて信じられないような緊張感のなさ。魔王召喚・討伐ってエンターテインメントなのかな。

わたしはといえば、離れた場所でステラたちと一緒にいるコンラートのことを見つめていた。

今日のコンラートは制服姿ではない。

白い騎士服に揺れるピアス。腰には剣。初めて出会ったときと同じ格好をしている。

今日ここにくる前、本当は逃げだしたいと思った。

だって、どう考えても大団円エンドには程遠いのだ。フランシスだけはステラに愛を誓っているけれど、ルーカスもアントンも婚約者を大切にしているし、カイはステラ自体に興味がない。友人としてでもアウトなのだそう。何それ。

夏休みにはみんなの仲を結びつけようとして『アルドリッジ侯爵家』の名前を使って別荘に誘ってみたけれど、結局効果はなく。

魔王の復活によりわたしが闇属性の魔力を目覚めさせ、悪魔呼ばわりされただけだった。

けれど、今朝コンラートはわたしのところを訪ねてきて言ったのだ。

「――きみはステラ・カーソンが言うような悪魔じゃない。それだけは俺が保証する」って。

じゃあ、何でわたしは消えるのだろう。

ひとりで消えるのが嫌で、わたしは『ヒカアイ』のクライマックスの舞台となるこの別館にやってきてしまっていた。

この別館は全体が階段状の造りになっている。

劇場のように、階段を降りるとメインのフロアに辿り着けるようになっているのだ。

つまり、わたしは魔王討伐パーティーに選ばれた皆のことを階段の一番高いところから見下ろしている。

コンラートも、カイも、いつもはすごく近くにいるはずなのに今日は遠い存在に感じられて心細い。

「きゅー！　きゅーっ！」

皆から思わず目を逸らせば、制服の胸ポケットから出てきたきゅーちゃんがぺちぺちとわたしの頬を撫でてくれた。元気づけてくれてるのだと思う。優しい。

「セラフィーナ様。魔王の討伐、うまくいくのでしょうか。なんだかこんなのって劇場での見せ物のようで」

わたしと同じ感想を持っているオリアーヌに、微笑みかける。

「大丈夫ですわ。皆さん優秀な方々ですもの」

そんな会話をしていると、下のメインフロアからひとりの少女がわたしの元へ近づいてくるのが見えた。ステラだった。

「セラフィーナ様、わたしセラフィーナ様の分まで頑張りますね！」

「……わたしには何もできませんが、健闘をお祈りします」

そう答えると、愛くるしい笑顔を浮かべていたステラが急にすっと表情を引っ込めた。

一瞬、無とも言えるような極めて冷たい表情をした後、ステラにしてはありえないぐらいの意地悪な表情で笑う。

「初めから思っていたんだけど、わたし、大団円エンドなんてごめんなの」

「……!?」

一体どういうこと。意味が理解できなくてポカンと口を開けたわたしの耳に、ステラは口を近づける。そうして、わたしだけに聞こえるように囁き声で告げてきた。

「わたしね、コンラート様ルートのハッピーエンドを狙ってるの。応援してくれる？」

「！」

自分の耳に聞こえた言葉を理解できなくて、わたしは固まった。

待って。本当に待って。

「ふふっ。応援するしかないよね？　だって、ここはわたしのための世界なんだもの」

「どういう……こ……と……？」

「ルーナ学園へ入学を遅らせたのはコンラート様の攻略制限を解除するためだったの。それなのに、わたしがいたかった場所にはあなたがいたわ。一体どんな色目を使ったの？　悪役令嬢だものね。下品で非道な手管を使ってコンラート様を籠絡するなんてわけないものね？」

「そんな……わたし」

「海に行ったときの水着を見て思ったの。『前世の記憶持ちの悪役令嬢セラフィーナは実はいい子』ってアピールしてるけど、実際はゲームの設定通り正真正銘のアバズレ女だって。……わたしのコンラート様を返してよ！」

頭が真っ白になった。

ここが主人公ステラのための世界だとわたしは知っている。けれど、何とか頑張れば居場所を手にできるものだと勝手に思い込んでいた。

ううん、わかっていたけれど現実から目を逸らしたかったのだ。

悪役令嬢のはずのわたしに優しく接してくれる人たちが、いつか離れていくことを認めたくなくて。

何も答えられないでいるわたしの前で、ステラはカラフルなスティック状のキャンディを取り出した。

傘の持ち手のような形に、ピンクと白のストライプ模様がかわいい。

「いい気味だわ。これからゲームのクライマックスが始まるの。すべてはわたしのために存在する舞台で、あなたはわたしがコンラート様とのエンディングに辿り着くための駒のひとつにすぎないの。ご愁傷様」

そうして、ステラは手にしていたスティック状のキャンディをぱきりと折って口に入れる。

それを見た瞬間に思い出した。

あ、わたしこのキャンディを知っている。攻略対象者からの好感度にブーストがかかる特別アイテムだ。──って。

これを使うと、プレイヤーは絶望的な状況からでもハッピーエンドの可能性を探ることができる。サブエピソードをたくさんこなしてこそ手に入る、反則級のアイテムだ。

ちなみに、このアイテムの存在も「クイズ番組の逆転ボーナス付き最終問題じゃねんだよ」「ありえない」とSNSで炎上していたような。

ステラは、この反則キャンディを使う気だ。もちろん大団円エンドなんかじゃなくて、コンラートとのハッピーエンドを迎えるために。

こんな土壇場までこのキャンディのことを忘れていた自分を呪いたい。……ううん、思い出したとしてもわたしじゃこのキャンディを手に入れることはできなかっただろうな。

だって、わたしの目標は目立つことなく無事にゲームのシナリオを終えて、きゅうりを齧りながら寝放題の余生を送ることだったんだもの。

ステラに裏切られることを想像すらしなかったわたしが、先回りして反則キャンディを手に入れるなんてどう考えてもありえなかった。

キャンディをガリガリと齧る音がする。それは絶望へのカウントダウンに思えた。音がしなくなったと思ったら、ステラはいきなり大声で叫んだ。

「きゃあああああああああ！　セラフィーナ様やめてください……！」

「⁉」

そのままステラは勢いをつけて階段から落ちていく。

反射的に「助けなきゃ」とステラの手を掴み損ねたわたしの手はただ空を切った。ステラのピンクブロンドがふわりと舞うのがまるでスローモーションのように見える。

その瞬間、第三者から見た自分の姿が思い浮かんだ。

これでは、わたしがステラを突き落としたようにしか見えない。

――しまった、やられた。

ただそれだけを思った。

下のメインフロアでは、風属性持ちの王太子フランシスがすかさず呪文を詠唱し、階段を落ちていったステラを風の塊で受け止めている。

そのおかげで大事には至らなかったけれど、まだ魔王召喚前だというのに大広間はとんでもない悲鳴とざわめきに包まれてしまった。

「み……見たか？　セラフィーナ嬢が光の乙女のステラさんを突き落としたぞ」

「ひどいことをなさるのね。やっぱり婚約者を取られたのを根に持ってたんじゃない？　でも光の乙女に敵うはずないのにね」

「最近はおとなしかったから警戒していなかったが、やっぱりひどい悪女なんじゃないか。子どもの頃に病院送りになった令嬢を何人も知ってるんだ。人の本性はそう変わるものじゃない」

「セラフィーナ・アルドリッジを捕えろ！」

そんな。そんな。……わたし、そんなつもりじゃないのに……！

「ご、誤解ですわ！　今のは……」

聞きたくないような言葉ばかり耳に入ってきて、頭が割れそうだ。耳を塞いでしまいたくなる。けれどここで反論をしなければ負けだ。でも、どんなに声を張りあげても誰も聞いてくれなかった。

そんな中、フランシスに抱き止められたステラがまた大声で叫んだ。

「やめてください……！　わたしが悪いんです。わたしが……セラフィーナ様のものを取ったりしたから。婚約者も、地位も、お友達も。平民育ちのわたしは邪魔に違いないのに、セラフィーナ様は優しくしてくれたんです。今、わたしはセラフィーナ様に階段から突き落とされたけれど、悪く言うのはやめてください……！」

真っ青になったわたしは隣にいたはずのオリアーヌを見た。

オリアーヌはもうそこにはいなくて、わたしから数メートル離れたところでこちらを見ている。その目は虚ろだ。

これは反則キャンディの効果だ、と瞬時に理解してしまう。そう思ったらもう足も唇も動かない。

加えてここはステラのために存在する世界だ。クライマックスのこの場で、主人公に有利に働く強制力のようなものがあるのだろう。

呆然としていると、わたしの胸ポケットからきゅーちゃんがよろよろ彷徨い出た。

「きゅー……きゅー……」

ふらふらと何かに抵抗するようにしながら、きゅーちゃんはステラが待つメインフロアへと向かっていく。

「きゅーちゃん、待って」

「きゅっ……きゅ……」

呼びかけたけれど、キューちゃんはとても苦しそうな顔でこちらを見ただけだった。変わらずにステラのもとへふらふら飛んでいる。

わたしはそれをただ眺めていることしかできない。

ああ、もう終わりだ。

これが主人公ちゃんの真の実力なのだろう。

でもこんなふうにわたしがこの世界の皆を大好きになってしまう前に、もっと早く発揮してほしかった。

悔しいけど負け。

わたしはすべてを奪われた。

寝放題の人生が叶わないどころか、ここで傷ついて消滅するんだ。

視界に涙が滲みかけたわたしに、だめ押しのようにステラの声が投げかけられる。

「わたし、光の魔力を持っているからわかるの。あの女は魔王の仲間、悪魔なの。でも、わたしの大切な友人だから信じたくなかった。……でも、これから魔王を召喚すれば真実がわかるの。その前に、コンラート様も目を覚まして！」

ハッとした。

そうだ、コンラートもここにいるんだ。

みんなと同じようにシナリオの強制力に巻き込まれて操られる彼を見たくない。

唇を噛んだところで、わたしの前に影ができた。

「唇を噛んじゃだめだ、傷になる」

それはコンラートだった。ついさっきまでメインフロアにいたはずなのに、いつの間にここまで上がってきたのだろう。

そうして、彼の親指がわたしの下唇に触れる。そこに血がついたのが見えて、自分がそれほどに強く噛んでいたのだと知った。

「コンラート様、その女から離れてください。危険なんです……！」

遠くからステラの声が響いているけれど、コンラートは全く気にする素振りを見せない。

わたしの顔を覗き込んで微笑んだ。

「セラフィーナ。俺は光の魔力の持ち主だ。意思に干渉する類の魔法に対抗できる」

「えっ……つまり、コンラートは……ステラの言葉を信じないのですか……？」

「夏休みにセラフィーナが闇の魔力を目覚めさせたときから、彼女には違和感を持っていた。それ以来、彼女がいる場では防御魔法を発動させるようにしているんだ。だから俺は正気」

そう教えてくれたコンラートの耳にピアスが揺れている。魔力を増幅させているのか、光っていて幻想的に見えた。

彼の言葉が嘘ではない証拠に思えて、安堵からへたり込みそうになってしまう。

味方がいた。

すべてを奪われてもう消えるしかないと思っていたけれど、わたしを信じてくれるんだ。

コンラートは、ほっとして視界が涙で滲みかけたわたしの顔を覗き込んできた。

「四年前のあの日から俺は魔法の猛特訓をしたんだ。なぜかわかる？」

「ええと……ケルベロスに呪文の詠唱を続けるのが難しかったから？」

「よく見てるな。それも合ってるけど、もうひとつ」

コンラートはくすくす笑いながらそこまで言うと、短剣を取り出した。剣先には光の膜がかかっていて動かす度にゆらゆら揺らめいている。とてもきれいだ。

「初めて魔物を見た好きな子を守れるように、魔物や悪いものを一瞬で浄化できるように特訓した」

そうして、コンラートは短剣を掲げ呪文を唱えた。

すると光の幕は大広間中に一気に広がった。包まれていない場所は何もないほどの大規模な魔法だ。

その光に包まれた瞬間、さっきまでの絶望が消えていく。

反則キャンディと主人公ちゃんが持つ強制力だから仕方がないと思い込んでいた諦めの感情が、嘘のように萎んでいく。

「わたし……あれ？　どうして」

「やはり、ステラ・カーソンは人を惑わす何かを持っているようだな。だけどこの会場内は全部浄化した。みんな元通り、安心して」

コンラートの言葉が信じられなくてメインフロアの方を見れば、ステラの元に飛んでいきかけたきゅーちゃんが頭をぶんっぶんと振り、わたしの方へと急いで戻ってくるところだった。

離れた場所にいたはずのオリアーヌも走って抱きついてきた。

「セラフィーナ様、わたし、どうかしていましたわ。突き飛ばしていないのは隣で見て知っていたのに、体が動かなくなってしまって」

「オリアーヌ……」

涙をこぼして抱き合うわたしとオリアーヌ。それをコンラートはニコニコ眺めてくれている。

コンラートは本当にとんでもない魔法を使ってくれたらしい。

ヒカアイのシナリオを壊してしまうほどの大きな魔法を。

感謝の気持ちでいっぱいになったけれど、はたと気がついた。

「コンラート様！　これから魔王を召喚するのに、こんなふうに魔力を使って大丈夫なの……⁉　戦うんでしょう？」

「ああ、問題ないよ。召喚してみればすぐにわかる。たぶん、この会場でわかっていない大人はいないよ。ただ、何か悪いものに皆が冒されてステラ・カーソンを止められなかっただけだ」

「……？」

一体どういうことなのだろう。

目を瞬くわたしの視界の下、フランシスに支えられたままのステラはまだ何か叫びたい様子だった。目を吊り上げてぎゃあぎゃあ騒いでいる。

「もういいです！　宮廷魔法師の方、早く魔王を召喚してください。ゲームでは悪役令嬢は魔王を討伐した後に消えるのよ。シナリオでは描かれてなかったから知らないけど、どうせ悪魔になって魔王と一緒に消滅するに決まってているんだから！　そこですべてはわかりますから！」

「ステラ……」

いつもはあんなにステラに夢中のフランシスまでもがどうしたらいいかわからないというふうに目を泳がせている。

えっ。コンラートの浄化で目を覚ましたってことは、ステラのことは好きじゃなかったたってこと？　あんなに浮気性で女の子大好きなのにステラだけＮＧ？　信じられない。

惨状を見回したコンラートが、呆れたように指示を出した。

「大丈夫だ。復活してしまったらいつかは対峙しないといけないんだ。魔王の召喚を」

その言葉で、床に書かれていた魔法陣が光り始める。

その中から真っ黒い渦が沸き起こった。これまでに感じたことがないほど禍々しい空気に息ができなくなりそう。真っ黒い渦はだんだん大きくなって、竜巻のようになった。

ルーナ王国で最も優れた魔法使いである宮廷魔法師の人たちが四隅で手を広げ、結界を維持しているけれど、表情が辛そうだ。

中央に人影が浮かび上がる。次第に影が濃くなって、はっきり人だと認識できるまでになった。その人の容姿は、肩につくほどの長い黒髪に黒い瞳。頭にはツノ。

そして、彼は魔王だと言われてすぐ納得してしまうほどに人相が悪い。こわい。目つきに問題がある。悪役令嬢顔のわたしとしては共感を覚えてしまった。

魔法陣の上に降り立った彼は、真っ黒い渦を全身で吸収すると重々しく口を開く。

「我は――」

魔王だ、とでも自己紹介しようとしたのだろう。魔王って意外と律儀なんだな、と場違いな感想を覚えてしまう。

けれど、わたしを視界に入れた魔王はぴたりと止まった。本当にぴたりと。

何で、どうして。

コンラートは大丈夫だと言っていたけれど本当にわたしは消えないで済むのかな。

魔王と見つめ合うこと三秒。

次の瞬間、魔王は徐《おもむろ》に正座をするとわたしに向かって額を床に擦りつけた。

待って？　この姿勢見たことある。

前世の記憶を取り戻して自分が悪役令嬢だって気がついたその日に、メイドのアルマがしてたのを見たことあるよ？　待ってどういうことですか。

「我はあなたに従属いたします。僕《しもべ》としてお使いください」

「えええええ⁉」

この世界に転生してからこれまで、信じられないことが本当にたくさんあった。

けれど、今日のこれがダントツで意味がわからない。

「コンラート、どうしてこうなったの？　わたし何もしてないし、本当は消える運命だったのに……っていうかわたしは悪魔じゃないの⁉」

ほとんどパニック状態のわたしに、コンラートは教えてくれた。

「人間で闇属性持ちの人間が珍しいのは知っているよね」

「はい。だから、わたしは悪魔なのだと」

「珍しすぎてあまり記録には残っていないけれど、闇属性持ちの人間がいた時代はすごく平和な時代になっているんだ。これは、魔王や魔物たちを従属させてお互いに住みやすい社会を作ったからだって言われてる」

なるほど……！

難しい事情まで何となく理解したけれど、これだけは言いたい。

「わたし、悪役令嬢じゃなくて魔王を操る存在だったってこと……⁉　それに魔王を倒してハッピーエンド、って倒せてないし⁉」

礼儀正しい正座お辞儀スタイルで従属を誓い続ける魔王に、わたしはどうしたらいいのかわからなかった。

でもとりあえず、消滅することなくゲームのシナリオを終えられて本当によかった……のかな。

■エピローグ

それから数週間後。

王宮では舞踏会が開かれていた。

魔王や魔物と不可侵の協約を結べたことに対するお祝いの会だ。

世界が平和なのが一番だけれど、魔物がいるせいで人々が暮らしやすい街を作ることは容易ではない。

それだけに、魔王を従属させたわたしは周囲から好意的な目で見られていた。

わたし自身もそんなありえない展開には戸惑いしかないけれど、主人公ちゃんが隠しキャラ攻略ルートから完全に外れてしまっていたと仮定すると、まぁなくはない結末なのかな。

「セラフィーナ様、この度は素晴らしい協約を結んでいただきありがとうございます」

「いいえ、わたしは何も。ただ向こうが勝手に土下座を始めただけです」

「ドゲザ……？」

「あ、異国の言葉なのでお気になさらず……！」

こんな会話を絶対に今日百回はした。一応、主役のひとりだと理解しているから百回もこの会話に付き合ってきたけれど、そろそろもういいのではないかな。やりとりにお腹いっぱいで眠くなってきた。

わたしのドレスの中でぐうぐう眠っているきゅーちゃんが本当にうらやましい！

今日のわたしは、アルドリッジ侯爵家の令嬢として参加している。

エスコート役のお父様は、さっき友人に声をかけられてどこかへ行ってしまった。となると暇なのだ。

ちなみに、あの日ステラは捕えられた。

そして迅速な裁判の結果、魔法を発動できない紋を刻まれた上で修道院送りになってしまった。同じ転生者としてステラの運命を左右してしまったことを思うと、同情する気持ちはある。

けれど、カーソン男爵家からも勘当されてしまったみたいだし、いきなり放り出されて路頭に迷うよりはそれでよかったのかもしれないとも思う。

ステラの罪はそれなりに重かった。皆を洗脳のような状態にしてけしかけたこともだけれど、わざと階段から落ちたふりをしたのもよくなかったらしい。

何よりも、わたしのお父様が怒り心頭だった。アルドリッジ侯爵家への忖度《そんたく》もあり、ステラへの罰は普通よりも少し重いものとなった。

ふらふらとパーティー会場を彷徨っていると、正装姿のコンラートが現れた。

その姿にわたしは固まった。

「えっ……？　え、えっ？」

なぜなら、コンラートはまるで王子様のような正装をしていたからである。

「隣国、リジー王国の第二王子、コンラート・レブンワースです。どうぞお見知りおきを」

何、何。一体どういうことなの。

イタズラっぽく話しかけられて、それでもなお固まっていると。

「中庭で少し話さないか？」

そんなふうに言われてしまえば、わたしに断る理由はなく、頷くしかなかった。

「――一目惚れ《ひとめぼ》れとかじゃないんだ」

月明かりの下、わたしを連れ出した庭園で、コンラートはあえて強調した。

「四年前のあのとき、不安でいっぱいだった俺の背中を押してくれたのはセラフィーナだったんだ。きみの存在があったからこそ試験を突破できたし、きみに会いたくてどんなことも頑張れた。留学なんて絶対にしないと思っていたけれど、俺の世界は一瞬できみが変えた。俺にとってはきみが運命だった」

「ままま待って。待って、待って待って」

「何？」

コンラートは美しいお顔に心底不思議そうな表情を浮かべているけれど、本当にちょっと待ってほしい。

確かに魔王を召喚した日、コンラートは「初めて魔物を見た好きな子を守れるように」と言っていた。

だから、彼が十三歳のわたしに好意を持ったというのは何となく予想していた。

予想はしていたものの、ここまでストレートな言葉だけを連ねた告白を受けるとは思っていなかった。まさかまだ『ヒカアイ』のシナリオ続いてる……⁉︎

きょろきょろと周囲を見回してしまったところで、コンラートが一歩近づく。海で感じた彼の匂いが蘇って、不覚にもドキドキしてしまう。

「あの、わたし――」

「セラフィーナが好きだ。絶対に、一生大切にする。だから俺と一緒に国に来てほしい」

戸惑いを理由にして状況を分析する時間を稼ごうと思ったわたしだったけれど、ストレートな言葉と切迫したような瞳に何も言えなくなってしまった。

初めて会ったときにわたしを守ってくれた、まだ少年にしか見えない男の子の力強い腕。

そして、この前ステラの強制力に皆が呑み込まれそうになったときに掬《すく》い上げてくれた大きな魔法の力。

ルーナ学園に入学してから、さりげなく寄り添ってくれていた優しさ。

本当に全部、わたしのためだったんだ。

この世界はわたしのためのものではないけれど、それでも、彼はわたしを好きになってくれて、どんなときも救おうとしてくれた。

ずっと、誰かを好きになることに心の奥でブレーキをかけていた気がする。ここでは悪役令嬢で、すべては主人公ちゃんのものだから。

でも、今はわたしも彼のことを好きになっていいんだ。改めてそう実感したら、特別な感情が湧き上がってくる。途端に胸が苦しくなる。

——わたしはコンラートのことが好きだ。いつもそばにいてくれて、守ってくれていたあなたのことが。

ドキドキとくすぐったいような気持ちを呑み込んで、わたしは顔を上げた。

「あなたにひとつだけお願いがあります」

「いいよ。何でも叶える」

わたしの答えを確信したらしいコンラートに、ぎゅっと抱き寄せられながら被せ気味に言われたので、思わず笑ってしまう。

せめて内容を聞いてから返事してほしいと思ったけれど、そんなところからも気持ちが伝わってきてうれしく感じる。

「……ふふっ。お城の庭できゅうりを植えてもいい？」

「もちろん。うちの国の城の南側の庭は全部きゅうりでいい」

また笑おうとしたところで、わたしの笑いは音にならなかった。

月明かりの下、抱きしめて口づけられれば、生きていることを実感する。
悪役令嬢に転生したわたしの人生は、隠しキャラと一緒にやっと新たな始まりを迎えようとしていた。

おしまい

あとがき

ベリーズファンタジー様では初めまして！　一分咲といいます。

この度は本作をお手に取ってくださりありがとうございます！

ベリーズファンタジーさんから書き下ろしのお話をいただき、どんな物語にしようかな……王道のお話がいいなぁ、と考えて思いついたのが『ヒドイン演じる悪女』でした。

王道を目指したはずがいきなり怪しくなりました。

きっと正式なタイトルとは違う呼び名になっているのかなと思いますが、『ヒドイン演じる悪女』は現在手元のファイルで仮タイトルの略称になっているもので、お話の内容を端的に表していてとても気に入っています。


こんなにしっかり王道の悪役令嬢ものを書いたのは初めてで、本当に好きなように、とっても楽しみながら書かせていただきました！　担当様ありがとうございます。

ここまでに王道という言葉を三回も使っているのは、言うまでもなく不安だからです。

本当にこれが王道かよ、というツッコミは堪えていただいて、やることなすこと全部裏目に出るポンコツ気味な悪役令嬢セラフィーナのお話を楽しんでいただけていたらうれしいです。

また、美麗なイラストを描いてくださったのは藤未都也《ふじみつや》先生です。制服姿のふたりがとっても素敵で、本当に目が幸せです。セラフィーナはかわいく、そしてコンラートの顔がなんていい……。イラストが届くたび拝んでいました。ほんっとうにキラキラなイラストをありがとうございます！

最後になりましたが、本作に関わってくださったすべての皆様にお礼を申し上げます。いろいろご配慮くださった担当編集様、出版社の皆様、書店員の皆様、そしてこの本をお手に取ってくださった読者様、本当にありがとうございました。

少しでも楽しい時間を過ごしていただけたら何よりの幸せです。
またいつかどこかでお会いできますように。

一分《いちぶ》咲《さき》

破滅を控えた悪役令嬢が無理してヒロインを演じた結果
～怠惰な余生が憧れなのに、第二王子の溺愛ルートに困惑中～

2023年12月5日　初版第1刷発行

著　者　一分咲

発行人　菊地修一

発行所　スターツ出版株式会社

〒104-0031　東京都中央区京橋1-3-1　八重洲口大栄ビル７F
☎出版マーケティンググループ　03-6202-0386
（ご注文等に関するお問い合わせ）

https://starts-pub.jp/

印刷所　大日本印刷株式会社

ISBN　978-4-8137-9289-5　C0093　Printed in Japan

［一分咲先生へのファンレター宛先］
〒104-0031　東京都中央区京橋1-3-1　八重洲口大栄ビル７F
スターツ出版（株）　書籍編集部気付　一分咲先生

ISBN：978-4-8137-0528-4　※価格、ISBN は 1 巻のものです